> नये दौर की मेरी अधिकांश कहानियां सम्बन्धों की यन्त्रणा को अपने अकेलेपन में झेलते लोगों की कहानियां हैं जिनमें हर इकाई के माध्यम से उसके परिवेश को अंकित करने का प्रयत्न है। यह अकेलापन समाज से कटकर व्यक्ति का अकेलापन नहीं समाज के बीच होने का अकेलापन है और उसकी परिणति भी किसी तरह की सिनिसिज़्म में नहीं, झेलने की निष्ठा में है। व्यक्ति और समाज को परस्पर-विरोधी एक दूसरे से भिन्न और आपस में कटी हुई इकाइयां न मानकर यहां उन्हें एक ऐसी अभिन्नता में देखने का प्रयत्न है जहां व्यक्ति समाज की विडम्बनाओं का और समाज व्यक्ति की यन्त्रणाओं का आईना है।

मेरी प्रिय कहानियाँ

मोहन राकेश

ISBN : 978-93-5064-062-3

संस्करण : 2016 © मोहन राकेश

MERI PRIYA KAHANIYAN (Stories) by Mohan Rakesh

राजपाल एण्ड सन्ज़

1590, मदरसा रोड, कश्मीरी गेट, दिल्ली-110006

फोन : 011-23869812, 23865483, 23867791

website : www.rajpalpublishing.com

e-mail : sales@rajpalpublishing.com

www.facebook.com/rajpalandsons

भूमिका

अपनी लिखी कहानियों में से कुछ एक को अलग छाँटना काफी दुविधा का काम है। लिखते समय एक रचना के साथ जो निकटता रहती है, वर्ष बीतने के साथ किसी भी व्यतीत सम्बन्ध की तरह वह धुँधलाने लगती है। जिन प्रभावों में एक रचना होती है, उनसे हटकर किन्हीं दूसरे प्रभावों में जीता व्यक्ति उस पहले की रचना के साथ रचना के समय की आत्मीयता नहीं बनाए रह सकता। एक रचना से उबरकर ही वह पूरी रचना में प्रवृत्त होता है। और अन्तराल जब कई-कई रचनाओं का हो, तब तो आत्मीयता की भूमि पर किसी रचना की ओर लौटना लगभग असम्भव हो जाता है।

इसलिए जो कहानियाँ मैंने इस संग्रह के लिए चुनी हैं, उनके चुनाव का कोई कारण दे सकना मेरे लिए बहुत कठिन है। कहना नहीं हो, तो केवल इतना कहा जा सकता है कि इस बार अपनी कहानियों में से गुज़रते हुए इन कहानियों पर उँगली ठहरती गई। 'आर्द्रा', 'मिस पाल' तथा 'एक और ज़िन्दगी' जैसी कुछ अधिक प्रसिद्ध कहानियों को इस संग्रह में न लेने का कारण भी इससे अधिक कुछ नहीं है कि वे कहानियाँ आज मेरे समर्थन की अपेक्षा नहीं रखतीं।

चुनाव करने में मेरी एक दृष्टि अवश्य रही है कि संग्रह की कहानियाँ मेरी आज की कथायात्रा के प्रायः सभी पड़ावों का प्रतिनिधित्व कर सकें। केवल 'इनसान के खंडहर' शीर्षक संग्रह में से कोई कहानी मैंने यहाँ नहीं ली। 'इनसान के खंडहर' की कहानियाँ कई दृष्टियों से मेरे बाद के प्रयोगों के साथ एक कड़ी के रूप में ठीक से जुड़ नहीं पातीं। उनके शिल्प और कथ्य दोनों में एक तरह की 'कोशिश' है, एक निश्चित तलाश का कच्चापन! यूँ पाठकों का एक वर्ग ऐसा भी है जिसे आज भी मेरी वही कहानियाँ सबसे अधिक पसन्द हैं। यह आवश्यक नहीं कि एक लेखक के साथ-साथ उसके सभी पाठक उसकी बदलती मानसिकता के सब पड़ावों से गुज़रते रहें। हर पड़ाव पर किन्हीं पाठकों के साथ एक लेखक का सम्बन्ध

टूट जाता है, और वहीं से एक नए वर्ग के साथ उसके सम्बन्ध की शुरुआत हो जाती है। ऐसा न होना एक लेखक की जड़ता का प्रमाण होगा। जीवन-भर एक ही मानसिक भूमि पर रहकर रचना करते जाना केवल शब्दों का व्यवसाय है, और कुछ नहीं। लेकिन इस स्थिति के विपरीत पाठकों का एक दूसरा वर्ग भी है, जो न केवल लेखक की पूरी रचनायात्रा में उसके साथ रहता है बल्कि कई बार अपनी नई अपेक्षाएँ सामने लाकर उसे प्रयोग की नई दिशा में अग्रसर होने के लिए बाध्य भी करता है। एक लेखक और उसके पाठक-वर्ग की यह सहयात्रा यदि जीवन-भर बनी रहे, तो काफी सुखद हो सकती है। परन्तु सम्भावना यह भी है कि एक मुक़ाम ऐसा आ जाए, जहाँ मनोवेगों की प्रक्रिया बिल्कुल अलग हो जाने से लेखक एकदम अकेला पड़ जाए। यह अकेलापन आगे चलकर उसे एक नये पाठक समुदाय से जोड़ भी सकता है और अपने तक सीमित रहकर टूट जाने के लिए विवश भी कर सकता है। परन्तु रचना के समय इस इतिहास-सन्दर्भ की बात सोचना ग़लत है।

मैंने अपनी शुरू-शुरू की कहानियाँ जिन दिनों लिखीं—उनमें से कई एक इनसान के खंडहर में भी संकलित नहीं हैं—उन दिनों कई कारणों रो गैं अपने को अपने तब तक के परिवेश से बहुत कटा हुआ महसूस करता था। जिन व्यक्तियों और संस्कारों के बीच पलकर बड़ा हुआ था, उनके खोखलेपन को लेकर मन में गहरी कटुता और वितृष्णा थी। घर की पूरी ज़िम्मेदारी सिर पर होने से उसे निभाने की मजबूरी से मन छटपटाता था। मैं किसी तरह अपने को विरासत के सब सम्बन्धों से मुक्त कर लेना चाहता था परन्तु मुक्ति का कोई उपाय नहीं था। छोटा भाई इतना छोटा था, बड़ी बहिन इतनी संस्कार-ग्रस्त और माँ इतनी असहाय कि मेरी 'स्वतन्त्रता' की भूख कोरी मानसिक उड़ान के सिवा कुछ महत्त्व नहीं रखती थी। मेरी शुरू की कहानियाँ इसी मानसिकता की उपज थीं। एक छोटा-सा दायरा था, तीन-चार दोस्तों का। वे सब भी किसी-न-किसी रूप में अपने-अपने परिवेश से ऊबे या कटे हुए लोग थे। किसी भी रचना की सार्थकता इसी में थी कि कहाँ तक उससे उस दायरे की मानसिक अपेक्षाओं की पूर्ति होती है। हममें से दो आदमी, मैं और मेरा एक और साथी, संस्कृत में एम.ए. कर चुके थे; एक अँग्रेज़ी में एम.ए. कर रहा था और दो-एक लोग पत्रकारिता के क्षेत्र में थे। मेरे संस्कृत के सहपाठी को छोड़कर हम सबके लिए लाहौर की ज़िन्दगी नई चीज़ थी और हम लोग ज़्यादा-से-ज़्यादा समय घर से बाहर रहने के लिए पूरा-पूरा दिन माल पर काफ़ी हाउस और चेन्नीज़ लंच होम से लेकर स्टैंडर्ड और

लारेंस बार के बीच बिता दिया करते थे। हमें इस 'जीवन-बोध' में दीक्षित करने वाला व्यक्ति मेरा सहपाठी ही था जो पंजाब मन्त्रिमंडल के एक सदस्य का दत्तक पुत्र होने के नाते हम सबसे अधिक साधन-सम्पन्न था और पहले से माल रोड की बार-रेस्तरां दुनिया से घनिष्ठता रखता था। क्योंकि जुमलेबाज़ी उसकी बहुत बड़ी विशेषता थी, इसलिए हम सब उससे प्रभावित होने के कारण काफ़ी हाउस से लेकर साहित्य तक हर जगह को सिर्फ़ जुमलेबाज़ी का अखाड़ा मानते थे। 'एक अच्छे जुमले के सामने दोस्त भी बहुत छोटी चीज़ है'—इस दृष्टि को लेकर चलने वाले हम चार-पाँच 'जीनियस' एक तो हर मिलने वाले पर अपनी कला आज़माते रहते थे, दूसरे उस सारे साहित्य को बेकार समझते थे, जिसमें जुमलेबाज़ी का चटख़ारा न हो। अगर हमें मंटो जैसे लेखक की कहानियाँ पसन्द आती थीं तो अपनी शिल्प या कथ्य के कारण नहीं बल्कि उस जुमलेबाज़ी की वजह से ही जो मंटो की भी ख़ासी कमज़ोरी थी। इसलिए यह अस्वाभाविक नहीं था कि अपने ढंग से हम भी अपनी कहानियों में जुमलेबाज़ी का अभ्यास करते। पर उसी शब्दों के अतिरिक्त मोह के कारण आज उस समय की रचनाएँ इतनी बेगाना लगती हैं कि उनमें से किसी एक को यहाँ केवल उदाहरण के रूप में रख लेने को भी मन नहीं हुआ।

'इनसान के खंडहर' के बाद मेरा दूसरा कहानी-संग्रह था—'नए बादल'। दोनों के प्रकाशन में सात साल का अन्तर है। 'इनसान के खंडहर' सन् पचास में प्रगति प्रकाशन से प्रकाशित हुआ था, 'नए बादल' सन् सत्तावन में भारतीय ज्ञानपीठ से। उसके कुछ ही महीने बाद सन् अट्ठावन के आरम्भ में, 'राजकमल प्रकाशन' से 'जानवर और जानवर' शीर्षक संग्रह का प्रकाशन हुआ। 'नए बादल' और 'जानवर और जानवर' की कहानियाँ दो अलग-अलग संग्रहों में संकलित होने पर भी मेरे कहानी-लेखन के एक ही दौर की कहानियाँ हैं जिसका आरम्भ सन् चौवन से होता है। सन् पचास से सन् चौवन के बीच एक लम्बे अरसे तक मैंने कहानियाँ लगभग नहीं लिखीं। केवल दो कहानियाँ लिखी थीं शायद—एक 'पंखयुक्त ट्रेजेडी' और एक 'छोटी-सी चीज़' जो दोनों प्रतीक में प्रकाशित हुई थीं। एक और कहानी, जो उस समय 'सरगम' में छपी, वह सन् पचास में लिखी जा चुकी थी।

सन् पचास से सन् चौवन के बीच का समय मेरे लिए काफ़ी उथल-पुथल का समय था। विभाजन के बाद काफ़ी दिनों तक बेकारी की मार सहने के बाद मुम्बई के शिक्षा-विभाग में जो लेक्चररशिप मिली थी, वह सन् उनचास में छिन

गई थी, कारण था आँखों का निर्धारित सीमा से अधिक कमज़ोर होना। उसके बाद बेरोज़गारी के कुछ दिन दिल्ली में कटे फिर जालंधर के डी.ए.वी. कॉलेज में लेक्चररशिप मिल गई। लेकिन छह महीने बाद, सन् पचास के शुरू में, बिना कन्फर्म किए उस नौकरी से भी हटा दिया गया। इस बार कारण था, टीचर्स यूनियन की गतिविधि में सक्रिय भाग लेना। जिन साथियों के भरोसे अधिकारियों की दमन-नीति का विरोध किया था, उनके बिदक जाने से ख़ासा मोह-भंग हुआ। बेरोज़गारी का आतंक नये सिरे से सिर पर आ जाने से काफ़ी दौड़-धूप करके शिमला के बिशप काटन स्कूल में नौकरी कर ली, परन्तु उत्तरोत्तर मोहभंग की प्रक्रिया उसके बाद वर्षों तक चलती रही। जीवन के उखड़ेपन को समेटने के इरादे से सन् पचास के अन्त में विवाह कर लिया, पर वह भी एक और स्तर पर मोह-भंग की शुरुआत थी। सन् बावन तक आते-आते परिस्थितियों की पकड़ इस तरह कसने लगी थी कि आख़िर नौकरी छोड़ दी। तय किया कि जैसे भी हो अपनी स्वतन्त्रता बनाए रखते हुए, केवल लेखन पर निर्भर रहकर न्यूनतम साधनों में गुज़ारा करने की कोशिश करूँगा। लेकिन यह अभियान भी ज़्यादा दिन नहीं चल सका। सन् तिरेपन के शुरू के कुछ महीने तो किसी तरह निकल गए पर उसके बाद नए सिरे से नौकरी की तलाश में जुट जाना पड़ा। कई जगह कोशिश कर चुकने के बाद जब मन लगभग हारने लगा, तो एक व्यंग्यात्मक स्थिति सामने आई। जालंधर के डी.ए.वी. कॉलेज में, जहाँ तीन साल पहले हिन्दी विभाग में पाँचवीं जगह पर कन्फ़र्म नहीं किया गया था, वहीं पर अब विभागाध्यक्ष के रूप में बुला लिया गया। जिन साथियों के बीच से गया था, उनमें से कई-एक अब भी वहाँ थे। मुझे नौकरी तो मिल गई, पर मोह-भंग की वह प्रक्रिया, जो वहाँ से जाने के समय शुरू हुई थी, तब तक वैयक्तिक, पारिवारिक, सामाजिक तथा राजनीतिक कई-कई स्तरों पर अपने चरम तक पहुँचने लगी थी।

दूसरी बार जालंधर में नौकरी करने से पहले ख़ानाबदोशी के दौर में कहानियाँ नहीं लिखी गईं। बिशप काटन स्कूल से नौकरी छोड़ने और डी.ए.वी. कॉलेज, जालंधर, में वापस आने के बीच केवल पश्चिमी समुद्र-तट का यात्रा-विवरण लिखा जो 'आख़िरी चट्टान तक' शीर्षक से 'प्रगति प्रकाशन' से ही प्रकाशित हुआ। लम्बे अरसे के बाद जो पहली कहानी लिखी उसका शीर्षक था, 'सौदा'। यह कहानी, जो कि 'कहानी' में प्रकाशित हुई, मेरी पहले की कहानियों से इतनी अलग थी कि एक तरह से उसे मेरे लेखन के उस दौर की शुरुआत माना जा सकता है जिसमें आगे चलकर 'उसकी रोटी', 'मन्दी', 'मलबे का मालिक' और 'जानवर

और जानवर' जैसी कहानियाँ लिखी गईं। 'इनसान के खंडहर' से इस दौर तक आते-आते ओढ़ी हुई बौद्धिकता के कोने काफी झड़ गए थे। जुमलेबाज़ी से तो इतनी चिढ़ हो गई थी कि अपने जुमलेबाज़ दोस्त से बारह साल पुरानी दोस्ती लगभग टूटने को आ गई। यद्यपि व्यक्तिगत जीवन बहुत-से तनावों के बीच जिया जा रहा था, फिर भी अपने परिवेश के कटे होने की अनुभूति का स्थान एक सर्वथा दूसरी अनुभूति ने ले लिया था और वह भी जुड़े होने की अनिवार्यता की अनुभूति। एक तरह की कड़वाहट इस अनुभति में भी थी, पर वह कड़वाहट निरर्थक और आरोपित नहीं थी। उसका उद्देश्य भी जुड़े होने की स्थिति से मुक्ति पाना नहीं, उसकी तात्कालिक शर्तों को अस्वीकार करते हुए जुड़े रहने के सार्थक सन्दर्भों को खोजना था। जिन स्थितियों को लेकर असन्तोष था, उनकी विसंगतियों के प्रति मन में ह्यूमर का भाव भी था। 'नये बादल' और 'जानवर और जानवर' की अधिकांश कहानियाँ इसी मानसिकता की उपज हैं। प्रस्तुत संग्रह के लिए उनमें से तीन कहानियाँ मैंने चुनी हैं : 'अपरिचित', 'मन्दी' और 'परमात्मा का कुत्ता'।

डी.ए.वी. कॉलेज, जालंधर, में दूसरी बार की नौकरी मेरी ज़िन्दगी की सबसे लम्बी नौकरी थी। चार साल चार महीने उस नौकरी में काटने के बाद सन् सत्तावन के अन्त में मैंने वहाँ से भी त्याग-पत्र दे दिया। उससे पहले सन् सत्तावन के अगस्त महीने में सम्बन्ध-विच्छेद के काग़ज़ पर हस्ताक्षर करके अपने असफल विवाह-सम्बन्ध से भी मुक्त हो चुका था। इस बार यह पक्का निश्चय था कि चाहे जो कुछ झेलना पड़े, अब फिर कहीं नौकरी नहीं करूँगा। मगर यह निश्चय फिर दो बार टूटा। एक बार दो महीने के लिए और दूसरी बार लगभग एक साल के लिए। पहली बार कोरे आर्थिक दबाव के कारण, जबकि सन् साठ में दिल्ली विश्वविद्यालय में लेक्चररशिप ले ली पर ज़्यादा दिन निभा नहीं सका। दूसरी बार एक नये क्षेत्र में अपने को आज़माने के आकर्षण से, जबकि सन् बासठ में 'सारिका' का सम्पादन-कार्य सँभाला। डी.ए.वी. कॉलेज, जालंधर से त्याग-पत्र देने और सारिका-सम्पादक की केबिन में जा बैठने के बीच एक साल जालंधर में ही रहा और लगभग तीन साल दिल्ली में। इन चार सालों में पहला नाटक लिखा : 'आषाढ़ का एक दिन'; और पहला उपन्यास 'अँधेरे बन्द कमरे'। इन दो रचनाओं के अतिरिक्त कई एक कहानियाँ भी लिखीं जिनमे प्रमुख थीं : 'सुहागिनें', 'मिस पाल' और 'एक और ज़िन्दगी'। इस दौर की अधिकांश कहानियाँ सम्बन्धों की यन्त्रणा को अपने अकेलेपन में झेलते लोगों की कहानियाँ हैं जिनमें हर इकाई के माध्यम से उसके परिवेश को अंकित करने का प्रयत्न है। यह अकेलापन समाज से कटकर

व्यक्ति का अकेलापन नहीं, समाज के बीच होने का अकेलापन है और परिणति उसकी भी किसी तरह के सिनिसिज़्म में नहीं, झेलने की चेष्टा में है। व्यक्ति और समाज को परस्पर-विरोधी, एक-दूसरे से भिन्न और आपस में कटी हुई इकाइयाँ न मानकर यहाँ उन्हें एक ऐसी अभिन्नता में देखने का प्रयत्न है जहाँ व्यक्ति समाज की विडम्बनाओं का और समाज व्यक्ति की यन्त्रणाओं का आईना है। सन् इकसठ के अन्त में 'राजपाल एंड सन्ज़' से प्रकाशित 'एक और ज़िन्दगी' शीर्षक संग्रह में अधिकांश कहानियाँ इसी दौर की हैं, यद्यपि दो-एक पहले की लिखी कहानियाँ भी उसमें संकलित हैं। प्रस्तुत संग्रह के लिए चुनी गई कहानियों में दो कहानियाँ इस दौर की हैं : 'सुहागिनें' तथा 'वारिस'।

'एक और ज़िन्दगी' के लगभग पाँच साल बाद 'फ़ौलाद का आकाश' शीर्षक संग्रह प्रकाशित होने तक केवल लेखन पर निर्भर रहकर जीवन-यापन का निर्णय अन्तिम रूप ग्रहण कर चुका था। सन् तिरेसठ के शुरू में 'सारिका' छोड़ने के बाद से आज तक फिर से किसी नौकरी में जाने की नौबत नहीं आई। 'सारिका' छोड़ने के बाद जो पहली कहानी लिखी, वह थी 'ग्लास टैंक'। 'ग्लास टैंक' से 'एक ठहरा हुआ चाकू' तक जितनी कहानियाँ उन तीनों वर्षों में लिखी गईं उनमें से दो-तीन कहानियों को छोड़कर, प्रायः सभी बड़े शहर की ज़िन्दगी की भयावहता की कहानियाँ हैं, हालाँकि भयावहता के संकेत इनमें भी व्यक्ति के माध्यम से ही सामने आते हैं, फिर भी इनका केन्द्रबिन्दु व्यक्ति न होकर उसके चारों ओर का संत्रास है। 'ज़ख़्म' और 'एक ठहरा हुआ चाकू' शीर्षक कहानियों में यह संत्रास अधिक रेखांकित है। इस दौर की कहानियों में मेरी एक और दृष्टि भी रही है—समय की मानसिकता के अनुकूल कहानी की भाषा और शिल्प की खोज के लिए अलग-अलग तरह के प्रयोग करने की। 'ज़ख़्म' के अतिरिक्त 'सेफ़्टी पिन' और 'सोया हुआ शहर' जैसी कहानियाँ इस तरह के प्रयोगों में आती हैं, हालाँकि इस प्रयोगशीलता के बीज पहले के दौर में 'बस स्टैंड की एक रात' जैसी कहानियों में देखे जा सकते हैं। यहाँ इस दौर की कहानियों में से पाँच कहानियाँ मैंने ली हैं। इनमें 'पाँचवें माले का फ़्लैट', 'ज़ख़्म' और 'एक ठहरा हुआ चाकू' बड़े शहर से संत्रास की कहानियाँ हैं। 'ग्लास टैंक' और 'जंगला' अपनी मानसिकता की दृष्टि से 'एक और ज़िन्दगी' संग्रह की कहानियों के अधिक निकट पड़ती हैं, यद्यपि भाषा और शिल्प से वे भी इस नये दौर की कहानियों में ही आती हैं।

—मोहन राकेश

क्रम

ग्लास टैंक

मीठे पानी की मछलियाँ, कार्प परिवार की। देर-देर तक मैं उन्हें देखती रहती। शोभा पीछे से आकर चौंका देती। कहती, ''गोल्डफ़िश, फिर गोल्डफ़िश को देख रही है?''

मैं जानती थी, वह मेरे भूरे-सुनहरे बालों की वजह से ऐसा कहती है। मुस्कराकर मैं टैंक के पास से हट जाती। ज़ाहिर करना चाहती कि ऐसे ही चलते-चलते रुक गई थी। शोभा सोफ़े के पास बिठा लेती और मेरे बालों को सहलाने लगती। कहती, ''यह ग्लास टैंक तेरे साथ भेज दें?''

मुझे उसकी उँगलियों का स्पर्श अच्छा लगता। उन्हें हाथ में लेकर देखती। पतली-पतली उँगलियाँ! नसें नीली लकीरों की तरह उभरी हुई। मन होता, उनके पोरों को होंठों से छू लूँ, मगर अपने को रोक लेती। डर लगता कि वह फिर कह देगी, ''यू सेंशुअस गर्ल! तू ज़िन्दगी में निभा कैसे पाएगी?''

उसकी उँगलियों में उँगलियाँ उलझाए बैठी रहती। सोफ़े के खुरदरे रेशों पर वे और भी मुलायम लगतीं। सेवार में तैरती नन्हीं-नन्हीं मछलियाँ। अपना हाथ जाल की तरह लगता। काँपती मछलियाँ जाल में सिमट आतीं। कुछ देर काँपने के बाद निर्जीव पड़ जातीं या हल्के-से प्रयत्न से छूट जातीं।

''तू खुश रहेगी न?'' मैं पूछती, जैसे मेरे पूछने पर कुछ निर्भर करता हो। वह एक कोमल हँसी हँस देती—ऐसी, जो वही हँस सकती है। हवा में ज़र्रे बिखर जाते। मेरे अन्दर भी ज़र्रे बिखरने लगते। मगर कहीं सेवार नज़र न आती। उसकी आँखें भी हँसती-सी लगतीं।

''खुशी तो मन की होती है।'' वह कहती। ''अपने से ही पानी होती है। बाहर से कौन किसी को खुशी दे सकता है!''

बहुत स्वाभाविक ढंग से वह कहती, मगर मुझे लगता झूठ बोल रही है। उसकी मुस्कराती आँखें भीगी-सी लगतीं। एक ठण्डी सिहरन मेरी उँगलियों में उतर आती।

''वह आजकल कहाँ है?'' मैं पूछ लेती।

''कौन?'' वह फिर झूठ बोलती।

''वह, संजीव।''

''क्या पता!'' उसकी भौंहों के नीचे एक हल्की-सी छाया काँप जाती, पर वह उसे आँखों में न आने देती। ''साल-भर पहले कलकत्ता में था।''

''इधर उसकी चिट्ठी नहीं आई?''

''नहीं।''

''तूने भी नहीं लिखी?''

''ना।''

''क्यों?''

वह हाथ छुड़ा लेती। दरवाज़े की तरफ़ देखती, जैसे कोई उधर से आ रहा हो। फिर अपनी कलाई में काँच की चूड़ियों को ठीक करती। आँखें मुंदने को होतीं पर उन्हें प्रयत्न से खोल लेती। मुझे लगता, उसके होंठों पर हल्की-हल्की सलवटें पड़ गई हैं। ''वे सब बेवकूफी की बातें थीं।'' वह कहती।

मन होता, उसके होंठों और आँखों को अपने बहुत पास ले आऊँ। उसकी ठोड़ी पर ठोड़ी रखकर पूछूँ, ''तुझे विश्वास है न, तू खुश रहेगी?'' मगर मैं कुछ न कहकर चुपचाप उसे देखती रहती। वह मुस्कराती और कोई धुन गुनगुनाने लगती। फिर एकाएक उठ जाती।

''ममी मुझे ढूँढ़ रही होंगी!'' वह कहती। ''अभी आती हूँ। तू तब तक मछलियों से जी बहला। आंटी से कहना पड़ेगा कि अब तेरे लिए भी...।''

''मेरे लिए क्या?''

''उन्हीं से कहूँगी, तू क्यों पूछती है?''

वह चली जाती तो सजा हुआ ड्राइंग-रूम बहुत अकेला हो जाता। मैं खिड़की के पास चली जाती। खिड़की के परदे, किवाड़ सब ठण्डे लगते। साँस अन्दर रुकती-सी प्रतीत होती। जल्दी-जल्दी साँस लेती कि कहीं ब्रांकाइटिस या वैसी कोई बीमारी न हो गई हो। शारदा की याद आती। ब्रांकाइटिस का दौरा पड़ता था, तो उसके मुँह से बात नहीं निकलती थी।

लान में किन्नी और पप्पू खेल रहे होते। एक-दूसरे के पीछे दौड़ते, किलकारियाँ भरते हुए। किन्नी को गिराकर पप्पू उसके पेट पर सवार हो जाता। किन्नी उठने के लिए छटपटाती, हाथ-पैर पटकती, पर वह उसके कन्धों को हाथों से दबाए उसे ज़मीन से चिपकाए रहता। जितनी ही वह कोशिश करती, उतना ही उसे

दबा देता। किन्नी चीख़ने लगती, तो एकाएक छोड़कर भाग खड़ा होता। किन्नी रोती हुई उठती, फ्रॉक से आँसू पोंछती और पल-भर रुआंसी रहकर उसके पीछे दौड़ने लगती। पप्पू उसे धमकाता। वह मुँह बिचका देती। फिर दोनों हँसने लगते। एक चिड़िया घास की तिगलियाँ तोड़-तोड़कर मुँह में भरती जाती...।

शोभा से कितनी-कितनी बातें पूछा करती थी। वे मछलियाँ जीती किस तरह से हैं? खाने को उन्हें क्या दिया जाता है? कैसे दिया जाता है? उनकी ज़िन्दगी कितने दिनों की होती है? अंडे कहाँ देती हैं? और एक बार पूछ लिया था, ''यहाँ पाँच-छह तरह की मछलियाँ एक-एक ही तो हैं। इनकी इमोशनल लाइफ़...?''

शोभा ने हँसकर फिर वही बात कह दी थी, ''अरे, मैं तो आँटी से कहना भूल ही गई। अब ज़रूर कह दूँगी कि जल्दी से तेरे लिए...।''

मुझे ये मज़ाक अच्छा न लगता। वह न जाने क्या सोचती थी कि मैं टैंक के पास देर-देर तक क्यों खड़ी रहती हूँ। मैं उसे क्या बताती कि मैं वहाँ क्या देखने जाती हूँ। कैलिकोज़ के पैरों की लचक? ब्लैक मूर के जबड़ों का खुलना और बन्द होना? बिल्लौरी पानी में तैरती सुनहरी मछलियाँ अच्छी लगती थीं, मगर हर बार देखकर मन में उदासी भर जाती थी। सोचती, कैसे रह पाती हैं ये? खुले पानी के लिए कभी इनका जी नहीं तरसता? कभी इन्हें महसूस नहीं होता कि ये सब एक-एक और अकेली हैं? कभी ये एक-दूसरी से कुछ कहना चाहती हैं या कभी शीशे से इसलिए टकराती हैं कि शीशा टूट जाए? शीशे के और आपस के बन्धन से मुक्त हो जाएँ? शोभा कहती, ''देख, यह ओरिण्डा है, यह फैन टेल है। साल में एक बार, वसन्त में ये अंडे देती हैं। कुल दो साल की इनकी ज़िन्दगी होती है। हवा इन्हें एरिएटर से दी जाती है। पानी का टेम्परेचर पचास से साठ डिग्री फ़ैरनहाइट के बीच रखना होता है। खाने को इन्हें ड्राइफ़ूड देते हैं, ब्रेन भी खा लेती हैं। नीचे समुद्री घास इसलिए बिछाई जाती है कि...।''

मेरे मुँह से उसाँस निकल पड़ती। जाने वह उसका भी क्या मतलब लेती थी। मेरे कन्धे पर हाथ रखकर मुझे अपने साथ सटाए कुछ सोचती-सी खड़ी रहती। उस दिन उसने पूछ लिया, ''सच-सच बता, तू किसी से प्यार तो नहीं करती?''

मुझे शैतानी सूझी। कहा, ''करती हूँ।''

उसने मेरे गाल अपने हाथ में लिये और मेरी आँखों में देखते हुए पूछा, ''किससे?''

मैं हँस दी। कहा, ''तुझसे, ममी से, मछलियों से।''

उसके नाखून गालों में चुभने लगे। वह उसी तरह मुझे देखती रही। मैंने होंठ काटकर पूछा, ''और तू?''

उसने हाथ हटाए, तो लगा, मेरे गाल छील दिए हों। उसकी भौंहों के नीचे वही हल्की-सी छाया काँप गई—पर उतनी हल्की नहीं। फुसफुसाने की तरह उसने कहा, ''किसी से भी नहीं।''

जाने क्यों मेरा मन भर आया। चाहा, उससे कहूँ, शादी न करे। पर कहा नहीं गया। सोचा, उसकी शादी से एक रोज़ पहले ऐसी बात कहना ठीक नहीं होगा...।

सुभाष को आना था, लौटने की जल्दी थी। बार-बार ममा को याद दिलाती थी कि बृहस्पति को ज़रूर चल देना है, ऐसा न हो कि वह आए और हम घर पर न हों। ममा सुनकर व्यस्त हो उठतीं। सुभाष को आने के लिए लिखा खुद उन्होंने ही था। बचपन से जानती थीं। जब उसके पिता की मृत्यु हुई, कुछ दिनों के लिए उसे अपने यहाँ ले आई थीं। वह तब छोटा नहीं था, बी.ए. में पढ़ता था। हम लोग बहुत छोटे रहे होंगे, हमें उसकी याद नहीं। ममा से ज़िक्र सुना करते थे : वह हफ्ताभर रहा था। सत्रह साल का था तब। बातों से लगता था जैसे बहुत बड़ा हो। डैडी के साथ फ़िलॉसफ़ी की बातें किया करता था। ममा उसकी बातें सुनते-सुनते काम करना भूल जाती थीं। डैडी गुस्सा होते थे। ममा को दुःख होता कि वह उस छोटी-सी उम्र में ऐसी-ऐसी बातें क्यों करने लगा है। वह उतना पढ़ता नहीं था जितना सोचता था। बात करते हुए भी लगता था जैसे बोल न रहा हो, कुछ सोच रहा हो। अपने घुँघराले बालों में उँगलियाँ उलझाए इनकी गाँठें खोलता रहता था। खाने को कुछ भी दे दिया जाए, चुपचाप खा लेता था। पूछा जाए कि नमक कम-ज़्यादा तो नहीं, तो चौंक उठता था। 'यह तो मैंने नोट ही नहीं किया, अब चखकर बताता हूँ।' बताने के लिए सचमुच चीज़ चखकर देखता था। ममा जब भी उसका ज़िक्र करतीं, उनकी आँखें भर आतीं। कहतीं कि इस लड़के को ज़िन्दगी में मौका मिलता, तो जाने क्या बनता। जब पता चला कि वह ए.जी. ऑफिस में क्लर्क लग गया है तो ममा से पूरा दिन खाना नहीं खाया गया था।

''ममी, सुभाष हम लोगों का क्या लगता है!'' हम थोड़ा बड़े हुए तो ममा से पूछा करते थे। ममा मुझे और बीरे को बाँहों में लिए हुए कहतीं, ''वह तुम लोगों का वह लगता है जो और कोई नहीं लगता।'' मैं और बीरे बाद में अनुमान लगाया करते, मगर किसी नतीजे पर न पहुँच पाते। आख़िर बीरे कहता, ''वह हम लोगों का कुछ भी नहीं लगता।''

इस पर मेरी-उसकी लड़ाई हो जाती।

बाद के सालों में कभी-कभी उसकी ख़बर आया करती थी। ममा बतातीं कि प्राइवेट एम.ए करके अब लेक्चरर हो गया है। उसे बाहर जाने के लिए स्कॉलरशिप मिल रहा है, मगर उसने नहीं लिया। कहता है, जिस सब्जेक्ट के लिए स्कॉलरशिप मिल रहा है, उसमें रुचि नहीं है। साल गुज़रते जाते। ममा उसे तीन-तीन चिट्ठियाँ लिखतीं तो उसका जवाब आता। वे सबको पढ़कर सुनातीं, दिन-भर उसकी बातें करती रहतीं, फिर चिट्ठी सँभालकर रख देतीं। सुना रही होतीं, तो उत्सुकता सिर्फ मुझी को होती। बीरे मज़ाक करता। कहता, 'उस नाम का कोई आदमी है ही नहीं, ममा खुद चिट्ठी लिखकर अपने नाम डाल देती हैं। डैडी सुनते हुए भी न सुनते, अख़बार या किताब में आँखें गड़ाए रहते। कभी-कभी उनकी भौंहें तन जातीं और अपनी उकताहट छिपाने के लिए वे उठ जाते। मैं ममा से पूछ लेती, ''ममी, ये चिट्ठी तो लिख देते हैं, हमारे यहाँ कभी आते क्यों नहीं''

''कोई हो तो आए!' बीरे कहता।

ममा बिगड़ उठतीं। उन्हें लगता, बीरे अपशकुन की बात कह रहा है। बीरे हँसता हुआ लॉजिक झाड़ने लगता। ''ममी, किसी चीज़ के होने का सबूत यह होता है...''

''वह चीज़ नहीं, आदमी है!'' लगता, ममा उसके मुँह पर चपत मार देंगी। मैं बाँह पकड़कर बीरे को दूसरे कमरे में ले जाती। कहती, ''बीरे, तू इतना बड़ा होकर भी ममी को तंग क्यों करता है?''

बीरे मुस्कराता रहता, जैसे डांट या प्यार का उस पर कोई असर ही न होता हो। कहता, ''उन्हें चिढ़ाने में मुझे मज़ा आता है।''

''और वे जो रोती हैं...?''

''इसलिए तो चिढ़ाता हूँ कि रोने की जगह हँसने लगें!''

दो साल हुए ममा सुभाष के ब्याह की ख़बर लाई थीं। ट्यूमर के इलाज के लिए दिल्ली गई थीं तो अचानक उससे भेंट हो गई थी। छुट्टी में वह अपनी पत्नी के साथ वहीं आया हुआ था। ममा ने उसकी पत्नी को दूर से देखा था। वह दुकान के अन्दर शॉपिंग कर रही थी। सुभाष ने उन्हें मिलाने का उत्साह नहीं दिखाया, व्यस्तता दिखाते हुए झट से विदा ले ली। कहा, पत्र लिखेगा। ममा बहुत बुरा मन लेकर आईं। बोलीं, ''सुभाष, अब वह सुभाष नहीं रहा, बिल्कुल और हो गया है। शरीर पहले से भर गया है ज़रूर, मगर आँखों के नीचे स्याही उतर आई है। बातचीत का लहज़ा भी बदल गया है। खोया-खोया उसी तरह

लगता है, मगर वह खुलापन नहीं है जो पहले था। कहीं अपने अन्दर रुका हुआ, बँधा हुआ-सा लगता है।’’ ममा के पूछने पर कि उसने ब्याह की ख़बर क्यों नहीं दी, वह बात को टाल गया। एक ही छोटा-सा उत्तर सब बातों का उसने दिया—‘पत्र लिखूँगा।’

ममा कई दिन उस बात को नहीं भूल पाईं। ट्यूमर से ज़्यादा वह चीज़ उन्हें सालती रही। सुभाष—वह सुभाष जिसे वे जानती थीं, जिसे वे घर लाई थीं, जिसे वे पत्र लिखा करती थीं, जिसकी वे बातें किया करती थीं, वह तो ऐसा नहीं था...ऐसा उसे होना नहीं चाहिए था...तेरह साल हो गए थे उसे देखे हुए, मिले हुए, फिर भी...।

‘‘पत्नी सुन्दर मिल गई होगी।’’ मैंने ममा से कहा, ‘‘तभी न आदमी सब नाते-रिश्ते भूल जाता है।’’

ममा पल-भर अवाक्-सी मेरी तरफ़ देखती रहीं। जैसे अचानक उसे लगा कि मैं बड़ी हो गई हूँ। सयानी बात कर सकती हूँ। उन्होंने मेरे बालों को सहला दिया और कहा, ‘‘नाता-रिश्ता नहीं है, फिर भी मैं सोचती थी कि...।’’

‘‘पत्नी उसकी सुन्दर है न?’’ मैंने फिर पूछ लिया।

‘‘ठीक से देखा नहीं।’’ ममा अन्तर्मुख-सी बोलीं। ‘‘दूर से तो लगा था सुन्दर है...।’’

‘‘तभी...!’’ शब्द पर अपनी अठारह साल की परिपक्वता का इतना बोझ मैंने लाद दिया कि ममा उस मनःस्थिति में भी मुस्करा दीं।

दो साल उसका पत्र नहीं आया। ममा ने भी उसे नहीं लिखा। उस बार मिलने के बाद उसका मन खिंच-सा गया। बातें कभी कर लेतीं, मगर ज़िद के साथ कहतीं कि पत्र नहीं लिखेंगी। बीरे मज़ाक में कह देता, ‘‘सुभाष की चिट्ठी आई है!’’ ममा जानते हुए भी अविश्वास न कर पातीं। पूछ लेतीं, ‘‘सचमुच आई है?’’ मैं उलझती कि वे क्यों नहीं समझतीं कि बीरे झूठ बोलता है। ममा छिली-सी हो रहतीं। अकेले में मुझसे कहतीं, ‘‘जाने उसे क्या हो गया है। यही मनाती हूँ खुश हो, खुश रहे। उस दिन ठीक से बात कर लेता, तो इतनी चिन्ता न होती...।’’

मैं सिर हिलाती और तीलियाँ गिनती रहती। उन दिनों आदत-सी हो गई थी। जब भी ममा के पास बैठती, माचिस खोल लेती और तीलियाँ गिनने लगती।

उस दिन कोई बाहर से आए थे। ममा और डैडी को तब से जानते थे, जब वे स्यालकोट में थे। एक ही गली में शायद सब लोग साथ रहते थे। यहाँ अपनी

एजेन्सी देखने आए थे। डैडी को पता चला तो घर खाने पर बुला लाए। कुछ काम भी था शायद उनसे। ममा इससे खुश नहीं थीं। स्यालकोट में शायद वे उतने बड़े आदमी नहीं थे। ममा उन दिनों की नज़र से ही उन्हें देखती थीं।

वे आए और काफी देर बैठे रहे। बहुत दिनों बाद डैडी ने उस दिन हिस्की पी। खूब घुल-मिलकर बातें करते रहे। पहले कमरे में दोनों अकेले थे, फिर उन्होंने ममा को भी बुला लिया। ममा पत्थर की मूर्ति-सी बीच में जा बैठीं। पानी या पापड़ देने के लिए मैं बीच-बीच में अन्दर जाती थी। मुझे देखकर उन्होंने कहा, ‘‘यह बिल्कुल वैसी नहीं लगती जैसी उन दिनों कुन्तल लगा करती थी? इतने साल बीत न गए होते, और मैं बाहर कहीं इसे देखता तो यही सोचता कि...।’’

मुझे अच्छा लगा। ममा उन दिनों की अपनी तस्वीरों में बहुत सुन्दर लगती थीं। मैं ममा से कहा भी करती थी। मैं भी उन जैसी लगती हूँ, पहले यह मुझसे किसी ने नहीं कहा था।

एक बार अन्दर गई तो वे कहीं डॉक्टर शम्भुनाथ का ज़िक्र कर रहे थे। कह रहे थे, ‘‘पार्टीशन में डॉक्टर शम्भुनाथ का सारा ख़ानदान ही तबाह हो गया—एक लड़के को छोड़कर! जिस दिन एक मुसलमान ने केस देखकर लौटते हुए डॉक्टर शम्भुनाथ को छुरा घोंपकर मारा...।’’

ममा किन्नी को सुलाने के बहाने उठ आईं। किन्नी पहले से सो गई थी। मगर ममा लौटकर नहीं गईं। गुमसुम-सी चारपाई की पायती पर बैठी रहीं। मैंने पास जाकर कहा, ‘‘ममा!’’ तो ऐसे चौंक गईं जैसे अचानक कील पर पैर रखा गया हो।

खाने के वक्त फिर वही ज़िक्र उठ आया। वे कह रहे थे, ‘‘शम्भुनाथ का लड़का भी ख़ास तरक्की नहीं कर सका। बीवी के मरने के बाद शम्भुनाथ ने किस तरह उसे पाला था! कैसा लाल और गलगोदना बच्चा था। इधर उसका भी एक एक्सीडेंट हो गया है...।’’

‘‘सुभाष का एक्सीडेंट हुआ है?’’ ममा, जो बात को अनसुनी कर रही थीं, सहसा बोल उठीं। डैडी ने ख़ाली डूँगा मुझे दे दिया कि और मीट ले आऊँ। उनके चेहरे से मुझे लगा जैसे यह बात पूछकर ममा ने कोई अपराध किया हो।

मीट लेकर गई, तो ममा रुआँसी हो रही थीं। वह सज्जन बता रहे थे, ‘‘...सुना है घर में कुछ ऐसा ही सिलसिला चल रहा था। असलियत क्या है, क्या नहीं, यह कैसे कहा जा सकता है? लोग कई तरह की बातें करते हैं। पर उसके एक ख़ास दोस्त ने मुझे बताया है कि वह जान-बूझकर ही चलती मोटर के सामने...’’

डैडी ने मुझे फिर किचन में भेज दिया। इस बार मेज़ पर चावल और चपातियों की ज़रूरत थी। वापस पहुँची तो डैडी को कहते सुना, ''आई आलवेज़ थाट द बाय हैड सुइसाइडल टेंडेंसीज़!''

सुभाष का नया पता ममा ने उन्हीं से लिया था। डैडी कई दिन बिना वजह ममा पर बिगड़ते रहे। खुद ही किसी तरह बात में डॉक्टर शम्भुनाथ का ज़िक्र ले आते, भरी नज़र से ममा की तरफ़ देखते, और फिर बिना बात उन पर बिगड़ने लगते। बिगड़ते पहले भी थे, मगर इतना नहीं। ममा चुपचाप उनकी डाँट सुन लेतीं, उनसे बहस न करतीं। बहस करना उन्होंने लगभग छोड़ दिया था। कड़ी-से-कड़ी बात दम साधकर सुन लेतीं और काम में लग जातीं। कोई काम डैडी की मर्ज़ी के ख़िलाफ़ करना होता, तो उसके लिए भी बहस न करतीं, चुपचाप कर डालतीं। डैडी से कुछ कहने या चाहने में जैसा अपने-आप उन्हें छोटा लगता था। घर के खर्च तक के लिए कहने में भी। डैडी अपने-आप जो दे दें, दे दें। कम पड़ता, तो कुनमुना लेतीं, या मुझसे कह लेतीं। मगर मुझे भी डैडी से माँगने न देतीं।

सुभाष को उन्होंने पत्र खुद नहीं लिखा, मुझसे लिखाया। जो कुछ लिखना था, वह मुझे बता दिया; मेरे लिखे को सुधार भी दिया। आशय इतना ही था कि हम एक्सीडेंट की ख़बर पाकर चिन्तित हैं। चाहते हैं कि एक बार वह आकर मिल जाए। पत्र पूरा करके मैंने ममा से पूछा, ''ममी, तुम खुद क्यों नहीं देखने चली जातीं?''

ममा ने सिर हिला दिया। सिर हिलाने से पहले एक बार डैडी के कमरे की तरफ़ देख लिया। डैडी किसी से बात कर रहे थे। ''आना होगा, आ जाएगा।'' ममा ने कुछ तटस्थता और अन्यमनस्कता के साथ कहा। शायद उन दिनों हाथ-ज़्यादा तंग था, इसलिए घर का ख़र्च वे बहुत जुगत से चला रही थीं। उन्हीं दिनों शोभा की शादी में जाना था। उसके लिए भी पैसे की ज़रूरत थी।

जवाब में चिट्ठी जल्दी ही आ गई। मेरे नाम थी। पहली चिट्ठी जो किसी अपरिचित ने मेरे नाम लिखी थी। लिखा था—'फ़रवरी के अन्त में आएगा।'' और मुझे—'ब्राउन कैट, तू इतनी बड़ी हो गई कि अँग्रेज़ी में चिट्ठी लिखने लगी?'

ब्राउन कैट वह तब भी मुझे कहा करता था, ममा बताती थीं। बिल्ली की तरह ही गोद में लिटाए, सिर और पीठ पर हाथ फेरता था। मैं ख़ामोश लड़की थी। दम घुटने को आ जाता, तो भी विरोध नहीं करती थी। किन्नी बहुत ज़िद करती है, मैं नहीं करती थी। ज़रा-सी बात हो, वह चीख़-चीख़कर सारा घर सिर पर उठा लेती है। आठ साल की होकर भी ऐसी है। ममा कहती हैं कि यह उनकी

अपनी ज़रूरत है। और कोई छोटा बच्चा नहीं है। एक वही है, जिससे वे जी बहला सकती हैं। मुझे अच्छा नहीं लगता। किन्नी डॉल की तरह प्यारी लगती है। फिर भी सोचती हूँ बड़ी होकर भी डॉल बनी रही तो? कान्वेंट में एक ऐसी लड़की हमारे साथ पढ़ती थी। नाम भी था, डॉली। उसकी आदतों से सबको चिढ़ होती थी, मुझे ख़ासतौर से। अच्छे-भले हाथ-पैर तन्दुरुस्त शरीर, और घूम रहे हैं डॉल बने। छिः!

पर ममा नहीं मानतीं। बहस करने लगती हैं। मन में शायद यह सोचती हैं कि मैं किन्नी से ईर्ष्या करती हूँ—मैं भी और बीरे भी। क्योंकि बीरे किन्नी के गाल मसलकर उसे रुला देता है। इसकी कॉपियाँ-पेंसिलें छीनकर छिपा देता है। मैं उसे बिना नहाए नाश्ता नहीं देती। अपने से कँघी करने को कहती हूँ ममा ताना दे देती हैं, तो बुरा लगता है। कई बार वे कह देती हैं, ''तुम लोगों के वक्त हालात अच्छे थे। तुम्हें कान्वेंट में पढ़ा दिया, सब कुछ कर दिया, इस बेचारी के लिए क्या कर पाती हूँ?'' मन में खीझ उठती है, पर चुप रह जाती हूँ। कई बार बात ज़बान तक आकर लौट जाती है। मैं जो एम.ए. करना चाहती थी, वह? डरती हूँ, ममा रोने लगेंगी। दिन में किसी-न-किसी से कोई ऐसी बात हो जाती है जिससे वे रो देती हैं। मैं जान-बूझकर कारण नहीं बनना चाहती।

सुभाष की गाड़ी रात को देर से पहुँची। बीरे लाने के लिए स्टेशन पर गया था। हम लोगों ने उम्मीद लगभग छोड़ दी थी। दो बार उसने प्रोग्राम बदला था। हम लोग घर की सफ़ाइयाँ कर रहे होते कि तार आ जाता : 'चार दिन के लिए अम्बाला चला आया हूँ, हफ्ते तक आऊँगा।' फिर, 'काम से दिल्ली रुकना है, दूसरा तार दूँगा' मुझे बहुत उलझन होती, गुस्सा भी आता। उससे ज़्यादा अपने पर और ममा पर। शोभा की शादी के बाद हम लोग एक दिन भी वहाँ नहीं रुकीं, पहली गाड़ी से चली आईं। आकर कमरे ठीक करने में बाँहें दुखाती रहीं और आप हैं कि अम्बाला जा रहे हैं, दिल्ली रुक रहे हैं। उस दिन तार मिला, 'पंजाब मेल से आ रहा हूँ।'' मैंने ममा से कह दिया कि मैं घर ठीक नहीं करूँगी। मेरी तरफ़ से कोई आए, न आए। बीरे कह रहा था, ''ज़रूरत भी नहीं है। अभी दूसरा तार आ जाएगा।'' दूसरा तार तो नहीं आया पर बीरे को एक बार स्टेशन जाकर लौटना ज़रूर पड़ा। पंजाब मेल उस दिन छह घंटे लेट थी।

ममा को बुरा न लगे इसलिए घर मैंने ठीक कर दिया। मगर खुद सोने चली गई। डैडी भी अपने कमरे में जाकर सो गए थे। ममा किन्नी को, जो पाँच

साल के बच्चों की तरह रोती-रूठती है, उससे लाड़ करतीं, मनातीं सुलाकर मेरे पास आकर लेट गईं, शायद मुझे जगाए रखने के लिए। मैं कुनमुनाकर कहती रही कि ममी, अब सो जाने दो, हालाँकि नींद आई नहीं थी। ममा ने बहुत दिनों बाद बच्चों की तरह मुझे दुलारा। मेरे गाल चूमती रहीं। मुँह में कितना कुछ बुदबुदाती रही—''मेरी रानी बच्ची...अच्छी बच्ची!'' मुझे गुदगुदी-सी लगी और मैं उठकर बैठ गई। कहा, ''क्या कर रही हो, ममी?'' ममा ने जैसे सुना नहीं। आँखें मूँदकर पड़ी रहीं। केवल एक उसाँस उनके मुँह से निकल पड़ी।

घोड़े की टापों और घुँघरुओं की आवाज़ से ही मुझे लग गया था कि वह ताँगा सुभाष को लेकर आ रहा है। और कई ताँगे सड़क से गुज़रे थे, मगर उनकी आवाज़ से ऐसा नहीं लगा था। शायद इसलिए कि आवाज़ सुनाई तब दी जब सचमुच आँखों में नींद भर आई थी। आँखें खोलकर सचेत हुए, तो बीरे दरवाज़ा खटखटा रहा था। वह साइकिल से आया था। ममा जल्दी से उठकर दरवाज़ा खोलने चली गईं।

अजीब-सा लग रहा था मुझे। बैठक में जाने से पहले कुछ परदे के पीछे रुकी रही। जैसे ऊँचे पुल से दरिया में डाइव करना हो। कान्वेंट के दिनों में बहुत बोल्ड थी। किसी के भी सामने बेझिझक चली जाती थी। हरेक से बेझिझक बात कर लेती थी। संकोच में दिखावट लगती थी। मगर उस समय न जाने क्यों मन में संकोच भर आया।

संकोच शायद अपनी कल्पना का था। उस नाम के एक आदमी को पहले से जान रखा था—सुनी-सुनाई बातों से। कितने ही क्षण उस आदमी के साथ जिये भी थे—ममा की डबडबाई आँखों को देखते हुए। उसकी एक तस्वीर मन में बनी थी, जो डर था कि अब टूटने जा रही है। कोई भी आदमी क्या वैसा हो सकता है जैसा हम सोचकर उसे जानते हैं? वैसा होता, तो परदा उठाने पर मैं एक लम्बे आदमी को सामने देखती, जिसके बाल बिखरे होते, दाढी बढ़ी होती और मुझे देखते ही कहता, ''ब्राउन कैट, तू तो अब सचमुच लड़की नज़र आने लगी।''

मगर जिसे देख, वह मँझले कद का गोरा आदमी था। इस तरह खड़ा था, जैसे कठघरे में बयान देने आया हो। माथे पर घाव का गहरा निशान था। कमीज़ का कालर नीचे से उधड़ा था जिससे वह उसे हाथ से पकड़े था। डैडी से कह रहा था, ''मैंने नहीं सोचा था गाड़ी इतनी देर से पहुँचेगी। ऐसे ग़लत वक्त आकर आप सबकी नींद ख़राब की...।''

मैंने हाथ जोड़े, तो परेशान-सी मुस्कुराहट के साथ उसने सिर हिला दिया। मुँह से कुछ नहीं कहा। पूछा भी नहीं, यह नीरू है?

आधी रात बिना सोए निकल गई। डैडी भी ड्रेसिंग गाउन में सिकुड़कर बैठे रहे। मैंने दो बार कॉफी बनाकर दी। बीरे किचन मे आकर मुझसे कहता, ''एक प्याले में नमक डाल दे। मीठी कॉफी ऐसे आदमी को अच्छी नहीं लगती।''

''तूने तो सारी ज़िन्दगी ऐसे आदमियों के साथ गुज़ारी है न!'' मैं उसे हटाती कि भाप उसकी या मेरी उँगलियों से न छू जाए।

''सारी न सही, तुझसे तो ज़्यादा गुज़ारी है'' वह उँगली से मेरे केतली वाले हाथ पर गुदगुदी करने लगता। ''स्टेशन से अकेला साथ आया हूँ।''

''हट जा, केतली गिर जाएगी!'' मैं उसे झिड़क देती। बीरे मुँह बनाकर उस कमरे में चला जाता। कहता, ''देखिए साहब, और बातें बाद में कीजिएगा, पहले इस लड़की को थोड़ी तमीज़ सिखाइए। बड़े भाई की यह इज़्ज़त करना नहीं जानती। इससे साल-भर बड़ा हूँ, मगर मुझे ऐसे झिड़क देती है जैसे अभी सेकेन्ड स्टैंडर्ड में पढ़ता हूँ। कह रही थी कि आप कॉफी में चीनी की जगह नमक लेते हैं। मैंने मना किया तो मुझ पर बिगड़ने लगी।''

बीरे न होता, तो शायद वह बिल्कुल ही न खुल पाता। कभी बीरे अपने कॉलेज का कोई किस्सा सुनाने लगता, कभी बताने लगता कि उसने स्टेशन पर उसे कैसे पहचाना। ''ये गाड़ी से उतरकर इधर-उधर देख रहे हैं और मैं बिल्कुल इनके पास खड़ा मुस्करा रहा हूँ। देख रहा हूँ कि कब ये निराश होकर चलने को हों, तो इनसे बात करूँ। ये और सब लोगों को तलाशती आँखों से देखते हैं, मुझे ही नहीं देखते जो इनके पास इनसे सटकर खड़ा हूँ। मैं इनके उतरने से पहले से जानता हूँ कि जिसे रिसीव करने आया हूँ, वह यही परेशान-हाल आदमी है...।''

ममा टोकतीं कि वह किसी और को भी बात करने दे। मगर बीरे अपनी बात किए जाता। हम सब हँसने लगते, मगर सुभाष गम्भीर बना रहता। थोड़ा मुस्करा देता, बस। कभी मुझे लगता कि वह बन रहा है। मगर उसकी आँखों से देखती, तो लगता कि कहीं गहरे में डूबा है, जहाँ से उबर नहीं पा रहा। उसका हाथ बार-बार उधड़े कालर को ढकने के लिए उठ जाता।

''कमीज़ सुबह नीरू को देना, कालर सी देगी।'' ममा ने कहा तो वह सकुचा गया। पहली बार आँख भरकर उसने मुझे देखा। फिर उसने उधड़े कालर को ढकने की कोशिश नहीं की।

हैरान थी कि सबसे ज़्यादा बातें डैडी ने कीं। उन्होंने ही उससे सब कुछ पूछा। एक्सीडेंट कैसे हुआ? अस्पताल में कितने दिन रहना पड़ा? ज़ख़्म कहाँ-कहाँ हैं? कोई गहरी चोट तो नहीं? वे आजकल कहाँ हैं? मैरिड लाइफ़ कैसे चल रही है? ममा को अच्छा लगा कि यह सब उन्हें नहीं पूछना पड़ा। उन्हें बल्कि डर था कि डैडी इस बार ज़्यादा बात नहीं करेंगे। दो मिनट इधर-उधर की बातें करके उठ जाएँगे। फिर सुबह पूछ लेंगे, 'नाश्ता कमरे में करना चाहोगे, या बाहर मेज़ पर?'

उसे भी शायद डैडी से ही बात करना अच्छा लग रहा था। हम सबकी तरफ़ से एक तरह से उदासीन था। हममें से कोई बात करे, तभी उनकी तरफ़ देखता था। मैं देख रही थी कि ममा एकटक उसे ताक रही हैं, जैसे आँखों से ही उसके माथे के ज़ख़्म को सहला देना चाहती हों। बीच में वे उठीं और साथ के कमरे से अपना शॉल ले आईं। बोली, "ठण्ड है, ओढ़ लो। ओढ़कर बात करते रहो।"

उसने शाल भी बिना कुछ कहे ओढ़ लिया और गुड्डा-सा बना बैठा रहा। डैडी जो कुछ पूछते रहे, उसका जवाब देता रहा। ड्राइवर अच्छा था...शायद ब्रेक भी काफी अच्छी थी...ज़्यादा चोट नहीं आई। मडगार्ड से टक्कर लगी, पहिया ऊपर नहीं आया...दस दिन में ज़ख़्म भर गए। बाएँ हाथ की कुहनी ठीक से नहीं उठती...डॉक्टरों का कहना है, उसमें पाँच-छह महीने लगेंगे। उसके बाद भी पूरी तरह शायद ही ठीक हो।

मुझे तब लग रहा था कि वह अन्दर ही कहीं डूबा है। उसके होंठ रह-रह कर किसी और ही विचार से काँप जाते हैं। मन हो रहा था, उससे वे सब बातें न पूछी जाएँ, उसे चुपचाप सो जाने दिया जाए। उसका बिस्तर बिछा था, उसी पर वह बैठा था। सहसा मुझे लगा कि तकिये का ग़िलाफ़ ठीक नहीं है, बीच से सिला हुआ है। चढ़ाते वक्त ध्यान नहीं गया था। मैं चुपचाप तकिया उठाकर ग़िलाफ़ बदलने लग गई।

दूसरा धुला हुआ ग़िलाफ़ नहीं मिला। सारे ख़ाने, ट्रंक छान डाले। एक कोरा ग़िलाफ़ था, कढ़ा हुआ। उन दिनों का जब मैं नई-नई कढ़ाई सीखने लगी थी। आख़िर वही चढ़ाकर तकिया बाहर ले आई।

आकर देखा, तो उसका चेहरा बदला हुआ लगा। माथे पर शिकन थी और सिगरेट के छोटे-से टुकड़े से वह जल्दी-जल्दी कश खींच रहा था।

ममा का चेहरा फक् हो रहा था। डैडी बहुत गम्भीर होकर सुन रहे थे। वह एक-एक शब्द को जैसा चबा रहा था, "...नहीं तो...नहीं तो मेरे हाथों उसकी

हत्या हो जाती...यह नहीं कि मैं समझता नहीं था...उसने मुझसे कह दिया होता, तो दूसरी बात थी...हर इनसान को अपनी ज़िन्दगी चुनने का अधिकार है...मगर इस तरह...मुझे उससे ज़्यादा अपने से नफ़रत हो रही थी...।''

मामा ने गहरी नज़र से मुझे देखा कि मैं वहाँ से चली जाऊँ। मगर मैं अनबूझ बनी रही, जैसे इशारा समझा ही न हो। पैरों में चुनचुनाहट हो रही थी। मन हो रहा था कि उन्हें दरी से खुजलाने लगूँ। पुलोवर के नीचे बग़लों में पसीना आ रहा था।

कमरे में ख़ामोशी छा गई। बीरे ऐसे आँखें झपक रहा था जैसे अचानक उन पर तेज़ रोशनी आ पड़ी हो। उसके होंठ खुले थे। डैडी ड्रेसिंग गाउन के अन्दर से अपनी बाँह को सहला रहे थे। मामा काले शॉल में ऐसे आगे को झुक गई थीं जैसे कभी-कभी ट्यूमर के दर्द के मारे झुक जाया करती थीं।

बाहर भी ख़ामोशी थी। खिड़की के सींखचों में से आती हवा परदे में से झाँककर लौट जाती थी।

तभी डैडी ने घड़ी की तरफ़ देखा और उठ खड़े हुए। ''अब सो जाना चाहिए'', उन्होंने कहा, ''तीन बज रहे हैं।''

सुबह जो चेहरा देखा, उसने मुझे और चौंका दिया। बढ़ी हुई दाढ़ी, पहले से साँवला पड़ा रंग...एक हाथ से अपने घुँघराले बालों की गाँठें सुलझाता हुआ वह अख़बार पढ़ रहा था।

''आपके लिए चाय ले आऊँ?'' पहली बार मैंने उससे सीधे कुछ पूछा।

''हाँ-हाँ।'' उसने कहा और अख़बार से नज़र उठाकर मेरी तरफ़ देखा। मैं कई क्षण उसकी आँखों का सामना किए रही। विश्वास नहीं था कि वह दूसरी बार इस तरह मेरी तरफ़ देखेगा।

''रात को हम लोगों ने ख़ामख़्वाह आपको जगाए रखा!'' मैंने कहा। ''आज रात को ठीक से सोइएगा।''

उसके होंठों पर ऐसी मुस्कुराहट आई जैसे उससे मज़ाक किया गया हो। ''गाड़ी में ख़ूब गहरी नींद आती है।'' उसने कहा।

''आप आज चले जाएँगे?''

उसने सिर हिलाया। ''एक दिन के लिए भी मुश्किल से आ पाया हूँ।''

''वहाँ ज़रूरी काम है?''

''बहुत ज़रूरी नहीं, लेकिन काम है। पहली नौकरी छोड़ दी है, दूसरी के लिए कोशिश करनी है।''

“एक दिन बाद जाकर कोशिश नहीं की जा सकती?” एकाएक मुझे लगा कि मैं यह सब क्यों कह रही हूँ। डैडी सुनेंगे, तो क्या सोचेंगे?

“परसों एक जगह इंटरव्यू है।” उसने कहा।

“वह तो परसों है न! कल तो नहीं...।” और मैं बाहर चली आई। उसकी आँखों में और देखने का साहस नहीं हुआ।

वह बात भी उसने कही जो मैंने चाहा था वह कहे। दोपहर को खाने के बाद किन्नी को गोद में लिए हुए उसने कहा, “उन दिनों नीरू इससे छोटी थी, नहीं? बिल्कुल ब्राउन कैट लगती थी! ऐसे ख़ामोश रहती थी जैसे मुँह में ज़बान ही न हो।”

“मैं भी तो ख़ामोश रहती हूँ!” किन्नी मचल उठी। “मैं कहाँ बोलती हूँ?”

उसने किन्नी को पेट के बल गोद में लिटा दिया और उसकी पीठ थपथपाने लगा। मैंने सोचा था, किन्नी इस पर शोर मचाएगी, हाथ-पैर पटकेगी। मगर वह बिल्कुल गुमसुम होकर पड़ी रही। मैं देखती रही कि कैसे उसके हाथ पीठ को थपथपाते हुए ऊपर जाते हैं, फिर नीचे आते हैं, कमर के पास हल्की-सी गुदगुदी करते हैं, और कूल्हे पर चपत लगाकर फिर सिर की तरफ़ लौट जाते हैं। हममें से कोई किन्नी से इस तरह प्यार करता, तो वह उसे नोचने को हो आती। सुभाष के हाथ रुके, तो उसने झुककर किन्नी के बालों को चूम लिया। कहा, “सचमुच तू बहुत ख़ामोश लड़की है!” किन्नी उसी तरह पड़ी-पड़ी हँसी। और भी कितनी देर वह उसकी पीठ सहलाता रहा। बीच-बीच में उसकी आँखें मुझसे मिल जातीं। मुझे लगता, जैसे वह दूर कहीं बियावान में देख रहा हो। मुझे अपना-आप भी अपने से दूर बियावान में खोया-सा लगता। यह भी लगता कि मैं आँखों से कह रही हूँ कि जिसे तुम सहला रहे हो, वह ब्राउन कैट नहीं है। ब्राउन कैट मैं हूँ...!

डैडी दिन-भर घर में रहे, काम पर नहीं गए। इस कमरे से उस कमरे में, उस कमरे से इस कमरे में आते-जाते रहे। बहुत दिनों से उन्होने सिगार पीना छोड़ रखा था, उस दिन पुराने डिब्बे में से सिगार निकालकर पीते रहे। दो-एक बार उन्होंने उससे बात चलाने की कोशिश भी की। “जहाँ तक जीने का प्रश्न है...” मगर बात आगे नहीं बढ़ी। उसने जैसे कुछ और सोचते हुए उनकी बात का समर्थन कर दिया। डैडी ने हरेक से एक-एक बार कहा, “आज सिगार पी रहा हूँ, तो अच्छा लग रहा है। मुझे इसका टेस्ट ही भूल गया था!” शाम को बीरे उसे घुमाने ले गया। ममा उस वक्त मन्दिर जा रही थीं। मैं भी उन लोगों के साथ बाहर निकली। रोज़ बीरे और मैं घूमने जाते हैं, सोचा आज भी साथ

जाऊँगी। डैडी सिगार के धुएँ में घिरे बैठक में अकेले बैठे थे। मुझे बाहर निकलते देखकर बोले, ''तू भी जा रही है नीरू?''

मेरी ज़बान अटक गई। किसी तरह कहा, ''ममा के साथ मन्दिर जा रही हूँ।'' अहाते से बाहर आकर ममा के साथ ही मुड़ भी गई। रास्ते भर सोचती रही, क्यों नहीं कह सकी कि बीरे के साथ घूमने जा रही हूँ? कह देती तो डैडी जाने से मना कर देते?

बीरे लौटकर आया, तो बहुत उत्साहित था। कह रहा था, ''मैं आपको पढ़ने के लिए भेजूँगा, आप पढ़कर लौटा दीजिएगा। बट इट इज़ एंटायरली बिट्वीन यू एण्ड मी!'' दोनों बैठक में थे। मेरे आते ही बीरे चुप कर गया, जैसे उसकी चोरी पकड़ी गई हो। फिर मुझसे बोला, ''तेरे लिए, नीरू, आज एक बाल पाइंट देखकर आया हूँ। तू कितने दिनों से कह रही थी। कल जाऊँगा तो लेता आऊँगा। या तू मेरे साथ चलना।''

सोचा, यह मुझे रिश्वत दे रहा है...पर किस बात की?

बीरे अपना माउथ आर्गन ले आया। एक के बाद एक धुन बजाने लगा। ''दिस इज़ माई फ्रेंड्स फ़ेवरिट...'' एक धुन सुना चुकने के बाद उसने कहा। पर सुभाष उस वक्त मेरी तरफ़ देख रहा था।

''आप समझ रहे हैं न?'' बीरे को लगा, सुभाष ने उसका मतलब नहीं समझा, ''वही फ्रेंड, जिसका मैंने ज़िक्र किया था। माई ओनली फ्रेंड!''

मैं चाह रही थी कि कोई और भी उससे कहे कि वह एक दिन और रुक जाए। मगर किसी ने नहीं कहा, ममा ने भी नहीं। मन्दिर से आकर शायद डैडी से उनकी कुछ बात हो गई थी। मैं उस वक्त रात के लिए कतलिगाँ बना रही थी। सब लोग कहते थे कि मैं कतलियाँ अच्छी बनाती हूँ। पर मुझे लग रहा था कि आज अच्छी नहीं बनेंगी। जल जाएँगी, या कच्ची रह जाएँगी। तभी ममा डैडी के पास से उठकर आईं। नल के पास जाकर उन्होंने मुँह धोया। एक घूँट पानी पिया और तौलिया ढूँढ़ती चली गईं।

खाना खिलाते हुए मैंने उससे पूछा, ''कतलियाँ अच्छी बनी हैं?''

वह चौंक गया, उसी तरह जैसे ममा बताती थीं। आधी खाई कतली प्लेट से उठाता हुआ बोला, ''अभी बताता हूँ...।''

खाना खाने के बाद वह सामान बाँधने लगा। सूटकेस में चीज़ें भर रहा था, तो मैं पास चली गई। ''मुझे बता दीजिए, मैं रख देती हूँ'' मैने कहा।

''हाँ...अच्छा।'' कहकर वह सूटकेस के पास से हट गया।

“कैसे रखना है, बता दीजिए।”

“कैसे भी रख दो। एक बार कुछ निकालूँगा, तो सब कुछ फिर उलझ जाएगा।”

“मैंने सुबह कुछ बात कही थी...” मेरी आवाज़ सहसा बैठी गई।

“क्या बात?”

“रुकने की बात।”

“हाँ, रुक जाता, मगर...।”

बीरे नींबू उछालता हुआ आ गया। “आप कह रहे थे जी घबरा रहा है।” वह बोला, “यह नींबू ले लीजिए। रास्ते में काम आएगा। एक काग़ज़ में नमक-मिर्च भी आपको दे देता हूँ। इस लड़की के हाथ का खाना खाकर आदमी की तबीयत वैसे ही ख़राब हो जाती है!”

मैं चुपचाप चीज़ें सूटकेस में भरती रही। वह बीरे के साथ डैडी के कमरे में चला गया।

उसने चलने की बात कही, तो मुझे लगा जैसे कपड़े उतारकर किसी ने मुझे ठंडे पानी में धकेल दिया हो। डैडी सिगार का टुकड़ा प्याली में बुझा रहे थे। वह डैडी के पास चारपाई पर बैठा था। ममा, बीरे और मैं सामने कुर्सियों पर थे। किन्नी कुछ देर रोकर डैडी की चारपाई पर ही सो गई थी। सोने से पहले चिल्ला रही थी, “हम फिर शोभा जिज्जी की शादी में जाएँगे! हमें वहाँ से जल्दी क्यों ले आई थीं? वहाँ हम पप्पू के पास खेलते थे। यहाँ सब लोग बातें करते हैं, हम किसके साथ खेलें?”

सोई हुई किन्नी प्यारी लग रही थी। मैं सोचने लगी—जब मैं उतनी बड़ी थी, तब मैं कैसी लगती थी?

वह चलने के लिए उठ खड़ा हुआ। उठते हुए उसने किन्नी के बालों को सहला दिया। फिर एक बार भरी-भरी नज़र से मुझे देख लिया। मुझे लगा, मैं नहीं, मेरे अन्दर कोई और चीज़ है जो सिहर गई है।

ताँगा खड़ा था। बीरे पहले से ले आया था। हम सब निकलकर अहाते में आ गए। बीरे ने साइकिल सँभाल ली।

“इंटरव्यू का पता देना” वह तांगे की पिछली सीट पर बैठ गया, तो ममा ने कहा।

उसने सिर हिलाया और हाथ जोड़ दिए।

मैं हाथ नहीं जोड़ सकी। चुपचाप उसे देखती रही। ताँगा मोड़ पर पहुँचा तो लगा कि उसने फिर एक बार उसी नज़र से मुझे देखा है।

ममा आदत से मजबूर अपने आँसू पोंछ रही थीं। डैडी अन्दर चले गए

थे। मैं कमरे में पहुँची, तो लगा जैसे अब तक घर के अन्दर थी—अब घर से बाहर चली गई हूँ।

रात को ममा फिर मेरे पास आ लेटीं। मुझे उन्होंने बाँहों में ले लिया। मैं सोच रही थी कि उसे गाड़ी में सोने की जगह मिली होगी या नहीं, और मिली होगी, तो वह सो गया होगा या नहीं? न जाने क्यों, मुझे लग रहा था कि उसे नींद कभी नहीं आती। शरीर नींद से पथरा जाता है, तब भी उसकी आँखें खुली रहती हैं और अँधेरे की परतों में कुछ खोजती रहती हैं।

ममा मुझे प्यार कर रही थीं। पर उनकी आँखें भीगी थीं। ''ममी, रो क्यों रही हो?'' मैंने बड़ों की तरह पुचकारा। ''तुम्हें खुश होना चाहिए कि ऐक्सीडेंट उतना बुरा नहीं हुआ। दुनिया में एक औरत ऐसी निकल आई तो...''

ममा का रोना और बढ़ गया। मुझे भ्रम हुआ कि शायद मैं रो रही हूँ और ममा चुप करा रही हैं। मैंने अपने और उसके शरीर को एक बार छूकर देख लिया।

''नीरू...'' ममा कह रही थी, ''तू मेरी तरह मत होना...तेरी ममा...तेरी ममा...!''

मैंने उन्हें हिलाया। लगा जैसे उन्हें फिट पड़ा हो। ''ऐसा क्यों कह रही हो, ममी?'' मैंने कहा, ''तुम्हारे जैसे दुनिया में कितने लोग हैं? मैं अगर तुम्हारी जैसी हो सकूँ, तो...''

ममा ने मेरे मुँह पर हाथ रख दिया, ''न नीरू...'' वे बोलीं, ''और जैसी भी होना...अपनी ममा जैसी कभी न होना।''

मैं ममा के सिर पर थपकियाँ देने लगी। जब उनकी आँख लगी, उनका सिर मेरी बाँह पर था। कम्बल तीन-चौथाई उन पर था, इसलिए मुझे ठंड लग रही थी। बाँह भी सो गई थी। पर मैं बिना हिले-डुले उसी तरह पड़ी रही। पहली बार मुझे लगा कि अँधेरे की कुछ आवाज़े भी होती हैं। गहरी रात की ख़ामोशी बेजान ख़ामोशी नहीं होती। अपनी सोई हुई बाँह को मैं इस तरह देखती रही जैसे वह मेरे शरीर का हिस्सा न होकर एक अलग प्राणी हो। मन में न जाने क्या-क्या सोचती रही। ममा की आँख में एक आँसू अब भी अटका हुआ था। मैंने दुपट्टे से उसे पोंछ दिया—बहुत हल्के-से, जिससे ममा की आँख न खुल जाए, और उनके सिर पर थपकियाँ देती रही।...

जंगला

एक हाथ से पम्प चलाकर दूसरे से बदन को मलता हुआ बनवारी भगत धीरे-धीरे गुनगुनाता है, "जागिए, ब्रजराज कुँअर...कमल-कुसुम फू-उऽऽलेऽ!"

फूलकौर तवे पर झुककर कच्ची रोटी को पोने से दबाती हुई आँखें मिचकाती है। जैसे कि 'फू-ऊऽऽलेऽ' की लम्बी तान सुनकर ही रोटी को फूल जाना हो। रोटी नहीं फूलती, तो वह शिकायत की नज़र से बनवारी भगत की तरफ़ देख लेती है। शरीर की रेखाएँ साफ़ नज़र नहीं आतीं। नज़र आता है, साँवले शरीर पर गमछे का लाल रंग...ठीक लाल भी नहीं...और पम्प का हिलता हत्था, बहता पानी! दूसरी बार तवे पर झुकने तक रोटी आधी जल जाती है। उसे जल्दी से उतारकर दूसरी रोटी तवे पर डालती हुई वह कहती है, "नहाए जाओ चाहे और घंटा-भर। मुझे क्या है?"

भगत 'भृंग लता भूऊऽऽलेऽ' की लय के साथ जल्दी-जल्दी पम्प चलाने लगता है। "कौन भंडेरिया कहता है तुझे कुछ है? कभी होता ही नहीं!"

खट्-खट्-खट्!...बेलन तीन-चार बार चकले से टकराता है। चूल्हे से फूटकर एक चिनगारी फूलकौर के माथे तक उड़ आती है। बेलन रखकर वह पल-भर निढाल हो रहती है। "और कहो, और कहो। कभी कुछ होता ही नहीं! माथे की जगह कपड़े पर आ पड़ती, तो अभी हो जाता!"

भगत पम्प के नीचे से उठ खड़ा होता है। "...बोलत बनराआऽऽई!...रांभति गो खरिकन में बछरा हित धा-आऽऽई।..."

दो-तीन चिनगारियाँ और उड़ जाती हैं। फूलकौर जैसे उन्हें रोकने के लिए बाँह माथे के आगे कर लेती है। "लगाए जाओ तुम अपनी धौंकनी! दूसरे की चाहे जान चली जाए!"

भगत आधा बदन हाथ से निचोड़ लेता है। बाकी आधे के लिए फूलकौर

की तरफ़ पीठ करके गमछा उतार लेता है। ''किसी की जान चली जाए? तेरी? आज तक न गई!''

''हाँ मेरी ही नहीं गई? तुम तो प्रेत होकर आए हो।''

''प्रेत होकर यहाँ आता?'' भगत हँसता है। ''इस घर में? तेरे साथ रहने?''

''नहीं, तुम तो जाते उसके घर...वह जो थी रांड तुम्हारी...अच्छा हुआ मर गई!''

भगत की हँसी गले में ही रह जाती है। ''मरों के सिर तोहमत लगाती है? देखना, एक दिन तेरी ज़बान को लकवा मार जाएगा!''

''मेरी ज़बान को? उसकी नहीं, जिसने वे सब करम किए हैं?''

भगत की त्यौरियाँ चढ़ जाती हैं। ''किस भंडेरिए ने करम किए हैं? क्या करम किए हैं?''

''अपने से पूछो, मुझसे क्या पूछते हो?''

भगत गमछे को जल्दी-जल्दी निचोड़कर कमर से लपेट लेता है। फिर लोटा-बाल्टी उठाकर जंगले के उस तरफ़ को चल देता है। ''एक औरत के सिवाय दूसरी का हाथ तक नहीं छुआ ज़िन्दगी-भर! इसकी बीमारियाँ ढो-ढोकर उम्र गला दी, पर इसकी तसल्ली नहीं हुई!...तब तक नहीं होने की जब तक इसे आँख के सामने जीता-जागता, चलता-फिरता नज़र आता हूँ। अब अकेला ही तो बच रहा हूँ इस घर में...इसकी नज़र के सामने!''

फूलकौर गमछे के लाल रंग को दूर जाते देखती है, फिर चिमटे से पकड़ कर तवा एकाएक नीचे उतार लेती है। तवा ज़मीन तक जाने से पहले चिमटे से निकल जाता है। ऊपर पड़ी रोटी फिसलकर नीचे आ गिरती है। ''बोलो-बोलो।'' वह चिल्लाकर कहती है, ''और काली ज़बान बोलो!''

भगत लोटा-बाल्टी जंगले के उस तरफ़ की दीवार के पास रखकर लौट आता है। ''तू और ज़ोर से चिल्ला, जिससे आस-पास के दस घर सुन लें!''

''सुन लें, जिन्हें सुनना हो!'' फूलकौर की आवाज़ हल्की नहीं पड़ती। ''शरम नहीं आती तुम्हें अपने लड़के की जान से दुश्मनी करते?''

''अब यह बात कहाँ से आ गई? उस भरनचोर का किसी ने नाम भी लिया है?''

''तुम क्यों नाम लोगे उसका?'' फूलकौर ज़मीन पर गिरी रोटी को आँखों के पास लाकर उसकी धूल झाड़ने लगती है। ''तुम्हारे लिए तो इस घर में तुम्हारे सिवाय कोई बचा ही नहीं है।''

''यह कहा है मैंने? अपनी इसी अक्ल से तो तूने घर का सत्यानाश किया

है। यह अक्ल न होती तेरी, तो वह भरनचोर, माखनचोर, यहीं घर में होता आज भी। छोड़कर चला न जाता!''

''बके जाओ गाली!'' फूलकौर तवा फिर चढ़ा देती है। ''गाली बकने के सिवा तुम्हें कुछ आता भी है?''

''गाली बक रहा हूँ मैं?''

''नहीं, गाली कहाँ बक रहे हो? यह तो हरि-सिमरन कर रहे हो!''

पम्प का पानी जंगले के आस-पास फ़र्श को दिन-भर गीला रखता है। दालान के उस हिस्से को पार करते फूलकौर को डर लगता है। कितनी ही बार पैर फिसलने से गिर जाती है। जंगले के उस तरफ़ कुछ गिनी हुई ईंटें हैं जिन तक पानी के छींटें नहीं पहुँचते। पर वही ईंटें सबसे ज़्यादा चिकनी हैं। धोखा उन्हीं पर से गुज़रते हुए होता है। बहुत जमा-जमाकर पैर रखती है, फिर भी ठीक से अपने को सँभाला नहीं जाता। दस ईंटों का वह सफ़र हमेशा जान लेवा लगता है। सही-सलामत उसे पार करके नये सिरे से ज़िन्दगी मिलती है। यूँ जंगले की सलाखों पर पैर रखकर भी जाया जा सकता है, पर वह उससे ज़्यादा ख़तरनाक लगता है।

आगे के कमरे में जाने से पहले ड्योढ़ी में कपड़ों का ढेर पड़ा रहता है, धुले-अनधुले सभी तरह के कपड़ों को हाथ लगाने पर कोई-न-कोई टिड्डी या मकड़ी बाँह पर चढ़ आती है, या सामने से उछलकर निकल जाती है। 'हाय' कहकर फूलकौर कुछ देर के लिए बदहवास हो रहती है। छाती तेज़ी-से धड़कने लगती है। जो कपड़ा हाथ में हो, उसे हाथ में लिये बैठी रहती है, देखती रहती है। अपने से बुदबुदाती है, 'कपड़े तो अभी ले ही नहीं गया!''

कमरे में कई रंगों की धूप आती है, रंगीन शीशों से छनकर। रोशनी के उन रंगीन टुकड़ों के सरकने से वक़्त का पता चलता है। नीचे बाज़ार से गौओं की घंटियों की आवाज़ सुनाई देती है, तो वह सिर उठाकर कहती है, 'चार बज गए।' इधर-उधर देखती है, जैसे चार बजने का कुछ अर्थ हो...जैसे उससे किसी चीज़ में फ़र्क पड़ सकता हो। रोशनी के रंग जब फ़र्श से ग़ायब हो जाते हैं तो मन में फिर हौल उठने लगता है...कि दालान पार करके फिर चौके में जाना होगा। टोकरी में ढूँढ़कर कोयले निकालने होंगे...कनस्तर में झाँककर आटे की थाह लेनी होगी। ड्योढ़ी में आकर कुछ देर मन को तैयार करती रहती है। उसाँस के साथ कहती है, 'अब तो रात उतर आई।',

जीने पर पैरों की आहट से चौंक जाती है। ''कौन है?''

कुछ देर ग़ौर से उस तरफ़ देखती रहती है। कुछ कदम उस तरफ़ चली भी जाती है। आहट बहुत करीब आकर एक शक्ल में बदलने लगती है, तो वह फिर एक बार पूछ लेती है, ''कौन है?''

''मैं हूँ।'' कहता हुआ भगत दालान में आ जाता है। फूलकौर शिकायत की नज़र से देखती है। जैसे भगत ने जान-बूझकर उसे झुठला दिया हो।

''हो आए?'' वह चिढ़कर पूछती है।

''कहाँ?''

''जहाँ भी गए थे?''

''गया था अपना सिर मुँडाने!''

''अपना या जिसका भी। गए तो थे ही।''

''हाँ गया तो था ही। अच्छा होता, गया ही रहता। लौटकर न आता।''

फूलकौर को साँस ठीक से नहीं आती। कुछ कहना चाहती है पर कह नहीं पाती। भगत पास से निकलकर पीछे के कमरे में चला जाता है। कुछ देर गुनगुनाता रहता है, किलकत काऽन्ह घुटुऽरवानि आऽवत...मनिमय कनक नद कैऽ आंऽऽगन, मुख प्रतिबिम्ब पकरिबेऽधाऽऽवत...'' धीरे-धीरे आवाज़ खुश्क हो जाती है। एक कसैला स्वाद मुँह में रह जाता है। वह बाहर आकर मोढ़े पर बैठ जाता है। फूलकौर उसकी तरफ़ नहीं देखती, वह खुद ही कहता है, ''वह आज मिला था...''

फूलकौर चौंक जाती है। ''कौन, बिशना...?''

''वह नहीं, उसका वह दोस्त... कढ़ी-चोर राधेश्याम!''

फूलकौर का उत्साह ठंडा पड़ जाता है। ''क्या कहता था?''

''कुछ नहीं। कहता था कि वह किसी दिन आएगा...सामान लेने।''

''कौन आएगा? राधेश्याम?''

''नहीं, वह खुद आएगा। बिशना।''

चूल्हे की लपट से दीवार पर साये हिलते हैं। कुछ साफ़ नज़र नहीं आता। फूलकौर आपस में उलझते सायों की तरफ़ देखती है। ''आए'', वह कहती है। ''आकर ले जाए, जो कुछ ले जाना हो। बाकी सब चीज़ों की उसे ज़रूरत है। सिर्फ माँ-बाप की ही ज़रूरत नहीं है।''

भगत मुँह के कसैलेपन को अन्दर निगल लेता है। ''देखो, इस बार वह आए, तो उससे लड़ना नहीं।''

''फिर लगे तुम मुझसे कहने?'' फूलकौर आवाज़ को साँस के आख़िरी छोर तक खींच ले जाती है। ''पहले मैं उससे लड़ती थी?''

‘‘मैंने इस बार के लिए कहा है’’, भगत अपने उबाल को किसी तरह रोकता है। ‘‘पहले की बात नहीं की।’’

‘‘पहले की बात नहीं की! बात करोगे भी और कहोगे भी कि नहीं की।’’

कुछ देर आगे बात नहीं होती। भगत मोढ़े से एक तीली तोड़कर उससे दाँत कुरेदने लगता है। फूलकौर बार-बार तवे पर झुकती और पीछे हटती है। फिर पूछ लेती है, ‘‘क्या कहता था वह...कब आएगा?’’

‘‘उसे भी ठीक मालूम नहीं था। कहता था, ऐसे ही बात-बात में उसके मुँह से सुना था। हो सकता है कल-परसों ही किसी वक्त चला आए।’’

फूलकौर का हाथ आटे में ठीक से नहीं पड़ता। आटा ले लेने पर उसका पेड़ा नहीं बन पाता। पेड़े को चकले पर रखकर बेलन नहीं चलता। ‘‘क्या पता उसने कहा भी था या राधे अपने मन से ही कह रहा था।’’ वह कहती है।

‘‘राधे अपने मन से क्यों कहेगा? हमसे झूठ बोलने की उसे क्या ज़रूरत है?’’

फूलकौर बेली हुई रोटी को गोल करके फिर पेड़ा बना लेती है। ‘‘मुझे एतबार नहीं आता कि वह चुड़ैल उसे आने देगी।’’

‘‘क्यों नहीं आने देगी?...लड़का अपने माँ-बाप के घर आना चाहे, तो वह कैसे रोक लेगी?’’

फूलकौर बेली हुई रोटी हाथ पर लिये पल-भर कुछ सोचती रहती है। फिर उसे तवे पर डालती हुई कहती है, ‘‘उस दिन आई थी, तो मैंने उस पर सौंह जो डाली थी। कहा था कि बाप की बेटी है तो इसके बाद न कभी खुद इस घर में कदम रखे, न उसे रखने दे।’’

भगत दाँत का मैल तीली से फ़र्श पर रगड़ देता है। ‘‘तो किसी के सिर क्यों लगती है, अपने से कह!’’

‘‘और तुमसे न कहूँ, जो खाना तक छोड़ बैठे थे? हाय-हाय करते थे कि दूसरे की ब्याहकर छोड़ी हुई औरत घर में बहू बनाकर कैसे आ सकती है!’’

भगत कुछ देर तीली को देखता रहता है, फिर उसे कई टुकड़ों में तोड़ देता है। ‘‘तू मुझे बात करने देती, तो मैं जैसे-तैसे लड़के को समझा लेता।’’

‘‘तुम समझा लेते...तुम!’’ फूलकौर इतना उसकी तरफ़ झुक आती है कि भगत को उसे सँभालकर पीछे हटा देना पड़ता है। ‘‘दिखता नहीं, आगे चूल्हा है?’’

फूलकौर धोती के पल्लू को हाथ से दबा लेती है। देखती है कि कहीं जल

तो नहीं गया। कहती है, ''नहीं दिखता, तभी तो रात-दिन चूल्हे के पास बैठना पड़ता है।''

''तुझे...!'' भगत बाँह फेरकर मुँह साफ करता है।

''क्या कह रहे थे?''

''कुछ नहीं।''

''कुछ न कहना हो तो चुप ही रहा करो न!'' फूलकौर और चिढ़ उठती है। ''हमेशा इसी तरह आधी बात कहकर दूसरे का जी जलाते हो।''

भगत के गले से अजीब-सी आवाज़ पैदा होती है। खुले होंठ कुछ देर ढीले ही रहते हैं। फिर वह थूक निगलकर अपने को सहेज लेता है।

''रोटी अभी खाओगे या ठहरकर?'' फूलकौर कुछ देर बाद पूछती है।

''अभी दे दो...या ठहरकर दे देना।''

''तुम एक बात नहीं कह सकते? या कहो अभी दे दो, या कहो ठहरकर दो।''

भगत कुछ देर घूरकर देखता रहता है, जैसे सहने की हद को उसने पार कर लिया हो। ''तुझे एक ही बात सुननी है,'' वह कहता है, ''तो वह यह है कि न मैं अभी खाऊँगा, न ठहरकर खाऊँगा! तेरे हाथ की रोटी खाने से ज़हर खा लेना ज़्यादा अच्छा है।''

...सीढ़ियों के हर खटके से फूलकौर चौंकती रहती है, ''कौन है?'' भगत उसे सीढ़ियों की तरफ़ जाते देखता है तो गुस्से से रोककर खुद आगे चला जाता है। ''कोई नहीं है,'' वह सीढ़ियों में देखकर कहता है। ''जा रही थी वहाँ मरने! अपना हाथ तक तो नज़र आता नहीं...आनेवाले का सिर-मुँह इसे नज़र आ जाएगा।''

फूलकौर बिना देखे लौट आती है...पर मन में सन्देह बना रहता है। उसे लगता है जैसे भगत के देखने की वजह से सीढ़ियाँ हर बार ख़ाली हो जाती हों। वह इन्तज़ार करती है कि कब भगत घर से जाए और वह कुछ देर अकेली रहे। अकेले में ज़रा-सा भी खटका सुनाई देता है। तो वह जाकर सीढ़ियों में झुक जाती है। ''बिशने...!''

कई बार देख चुकने के बाद सचमुच कोई सीढ़ियाँ चढ़ता नज़र आता है। बहुत पास आ जाने पर वह फिर एक बार धीरे-से कहती है? ''कौन है? बिशना!''

''हाँ बिशना!'' भगत कुढ़ता हुआ उसे सहारे से अन्दर ले आता है। ''तेरी आवाज़ सुनने के लिए ही रुका बैठा है वह! जब तक एक बार तू लुढ़क नहीं जाएगी, तब तक वह ठीक से सुन नहीं पाएगा।...''

फूलकौर अन्दर आकर भगत की तरफ़ नहीं देखती। उसे लगता है कि उसी की वजह से गड़बड़ हो गया है। अगर वह इस वक्त न आया होता...!

आधी रात को हौदी से उठकर पम्प पर हाथ धोने जाती फूलकौर सहमकर खड़ी रहती है। गीली ईंटों से भी ज़्यादा डर लगता है जंगले से, जो पम्प के आगे दालान के एक-तिहाई हिस्से को घेरे है। लकड़ी के चौखटे में जुड़ी बड़ी-बड़ी सलाखें!...जिन पर से वह दिन में भी नहीं गुज़रती। लगता है, नीचे से दीवानख़ाने का अँधेरा पैरों को बाँध लेगा...एक कदम रखने के बाद अगला कदम रख पाना सम्भव ही नहीं होगा। वह इस घर में आई थी, तब से अब तक दीवानख़ाना कभी खोला नहीं गया। वहाँ अन्दर क्या है, क्या नहीं, यह कोई भी नहीं जानता। यह भी नहीं कि कब कितनी पुश्तों पहले वह कमरा दीवानख़ाने के तौर पर इस्तेमाल होता था। कब से वह दीवानख़ाना भोहरा कहलाने लगा, इसका भी कुछ पता नहीं था...बनवारी भगत को भी नहीं। उसके होश में पहले एक बार दरवाज़ा खुला था—जिसके दूसरे-तीसरे दिन ही कहा जाता था कि उसके बड़े भाई की मौत हो गई थी।

फूलकौर हौदी से उठकर देर तक जंगले के इस तरफ़ खड़ी रहती है। सलाखों की ठंडक और चुभन उसे दूर से ही महसूस होती...लगता है कि रात को दीवानख़ाने का अँधेरा अपनी ख़ास गन्ध के साथ जँगले से ऊपर उठा आता है। उस वक्त हल्की-से-हल्की आवाज़ भी उसे अँधेरे की ही आवाज़ जान पड़ती है—जैसे कि अँधेरा हर आनेवाले ही आहट लेता हो...और फिर चुपके से उसकी ख़बर दीवानख़ाने में पहुँचा देता हो।

किसी भी तरह हौदी से पम्प तक जाने का हौसला नहीं पड़ता। बिना हाथ धोए चुपचाप कमरे में जाकर सोया भी नहीं जाता। वह भगत के सिरहाने बैठकर धीरे-धीरे कहती है, ''सुनो...मैं कहती हूँ ज़रा-सी देर के लिए उठ जाओ।'' भगत के शरीर को वह हाथ से नहीं छूती। छूने से शरीर गन्दा हो जाता है। भगत को उतनी रात में कपड़े बदलकर नहाना पड़ता है।

जब तक भगत की आँख नहीं खुलती वह आवाज़ें देती रहती है। तब अचानक भगत सिर उठाकर कहता है, ''क्या हुआ है?...कौन आया है?''

''आया कोई नहीं है।'' वह कहती है। ''मैं तुम्हें जगा रही हूँ।''

भगत हड़बड़ाकर उठ बैठता है। पेट तक आई धोती को सँभालकर घुटनों से नीचे कर लेता है। होठों को हाथ से साफ़ करता हुआ कहता है, ''कढ़ी चोर!''

''अब कौन है, जिसे गाली दे रहे हो?'' फूलकौर हल्के-से कहती है—कुछ खुशामद के साथ—जैसे कि गाली देनेवाले की जगह कसूरवार गाली खाने वाला हो।

भगत जवाब नहीं देता। जम्हाई के साथ चुटकी बजाता उठ खड़ा होता है। ''श्री हरि...श्रीनाथ हरि...श्रीकृष्ण हरि...!''

पम्प तक होकर वापस आते ही भगत फिर चादर ओढ़ लेता है। फूलकौर लेटने से पहले दालान का दरवाज़ा बन्द कर देती है।

भगत दूसरी तरफ़ करवट बदलने लगता है, तो वह कहती है, ''सुनो... अब उसे गाली मत दिया करो।''

'तू मुझे सोने देगी या नहीं?'' भगत झुँझलाता है, ''किसे गाली दे रहा हूँ मैं?''

''अभी उठते ही तुमने उसे गाली नहीं दी थी?'' अब फूलकौर के स्वर में खुशामद का भाव नहीं रहता।

''किसे?''

''उसे ही। बिशने को।''

''वह यहाँ सामने बैठा था, जो मैं उसे गाली दे रहा था?''

''इसका मतलब है कि वह सामने आएगा, तो तुम गाली से बाज़ नहीं आओगे? मैं पहले नहीं कहती थी कि लड़का बड़ा हो गया है, तुम्हें उससे ज़बान सँभालकर बात करनी चाहिए?''

भगत मुँह का झाग गले में उतार लेता है। ''उसे पता है, गाली मेरे मुँह पर चढ़ी हुई है। मैं जान-बूझकर नहीं देता।''

''तो ठीक है। तुम आज तक अपनी कहानी से बाज़ आए हो, जो आज ही आओगे? मैं ख़ामख़्वाह अपना सिर खपा रही हूँ।''

भगत कुछ देर चुप रहकर आँखें झपकाता है। ''तू ऐसे बात कर रही है जैसे आज वह इसी वक़्त चला आ रहा है।''

फूलकौर का सिर थोड़ा पास को सरक आता है। रुकती-सी साँस के साथ कहती है, ''कम-से-कम मुँह से तो अच्छी बात बोला करो।''

''अब मैंने क्या कह दिया है?'' एक तेज़ साँस फूलकौर के साँस से जा टकराती है।

''जिसे आना हो, वह भी ऐसी बात मुँह पर लाने से नहीं आता।''

भगत की साँस कुछ धीमी पड़ जाती है। वह कहता है, ''उसके आने पर मैं कुछ बात नहीं करूँगा। चुप रहूँगा, तो गाली भी मुँह से नहीं निकलेगी।''

फूलकौर का सिर सरक कर वापस अपने तकिए पर चला जाता है। ‘‘हाँ, तुम कुछ भी बात मत करना उससे। जिससे वह आए भी, तो उसी वक्त लौट भी जाए। मुँह तुम बन्द रख सकते हो, पर गाली देने से बाज़ नहीं आ सकते!’’

‘‘मैंने यह कहा है?’’

‘‘नहीं, यह नहीं, और कुछ कहा है। तुम हमेशा अपने मुँह से ठीक बात कहते हो। सुननेवाला ग़लत सुन लेता है।’’

भगत को नींद नहीं आती। हर एक करवट शरीर का बोझ बाँह के किसी-न-किसी हिस्से पर भारी पड़ता है, हड्डियाँ चुभती हैं। एक ठंडक-सी महसूस होती है। बाहर से नहीं, अन्दर से लगता है कि वही ठंडक है जो धीरे-धीरे बाहर फैलती जा रही है।

सिर के नीचे हाथ रखे वह अँधेरे को देखता रहता है...कभी-कभी अँधेरे में अपने को देखने की कोशिश करता है...जैसे कि लेटा हुआ आदमी कोई और हो, देखनेवाला कोई और। पर ज़्यादा देर अपने को इस तरह नहीं देखा जाता।

दो साँसों की आवाज़ लगातार सुनाई देती है—एक अपनी, दूसरी फूलकौर की। एक साँस नीचे जाती है, तो दूसरी ऊपर आती है...फिर पहली ऊपर उठती है और दूसरी नीचे चली जाती है। कभी-कभी दोनों साँसें एक-दूसरी को काटती लगती हैं। वह पल-भर साँस रोके रहता है जिससे दोनों की लय फिर ठीक हो जाए—पर लय कुछ देर के लिए ठीक होकर फिर उसी तरह बिगड़ने लगती है।

कोई चीज़ पैर पर से गुज़र जाती है। ‘हाँ’ की आवाज़ के साथ वह अचानक उठ बैठता है। पैर को छूकर इधर-उधर देखता है। फिर उठकर खड़ा हो जाता है। वह दीवार, जिस पर बिजली का बटन है, जो गज़ के फ़ासले पर है। एक-एक कदम वह उस दीवार की तरफ़ बढ़ता है। हर बार ज़मीन को छूने से पहले एक सरसराहट जिस्म में भर जाती है...लगता है कि पैर किसी लिजलिजी चीज़ से टकराने जा रहा है, साथ ही एक डर भी महसूस होता है कि कहीं अगर वह चीज़...। ठोस-ठंडा फ़र्श पैर से छू जाता है, तो हल्का-सा आभास सुख का भी होता है, सुरक्षित होने के सुख का। पर तब तक अगला कदम डर की हद में पहुँच चुका होता है...।

टटोलता हुआ हाथ बटन को ढूँढ़ लेता है, तो सुख की कई लहरें एक साथ शरीर में दौड़ जाती हैं। पचीस वाट के बल्ब की रोशनी कमरे की हर चीज़ को नये सिर से ज़िन्दा कर देती है।

भगत सारे फ़र्श पर नज़र दौड़ाता है। सन्दूकों के ऊपर-नीचे देखता है। बन्द दरवाज़े में हल्की-सी दरार देखकर उसे पूरा खोल देता है—जैसे कि देखने की ज़िम्मेदारी बाहर देखे बिना पूरी न होती हो। ‘‘हट, हट, हट!’’ कहकर दहलीज़ लाँघने से पहले वह कुछ देर रुक जाता है। ड्योढ़ी में बिखरे मैले कपड़ों और पुराने बिस्तरों से आहट का इंतज़ार करता है। अफ़सोस होता है कि सब चीज़ें उस तरह क्यों पड़ी हैं! पर उन्हें उठाने की हिम्मत नहीं पड़ती। एक-एक चीज़ को आँखों से टटोलता है, छूता नहीं। लगता है, छूने से वह लिजलिजी चीज़ आँखें और पंजे उठाए अचानक सामने नज़र आ जाएगी।

लौटने से पहले दो-एक बार पैर से फ़र्श में धमक पैदा करता है। कहीं कोई हरकत नहीं होती। किसी तरह से आहट सुनाई नहीं देती। पर दहलीज़ लाँघकर वापस कमरे में कदम रखते ही बिजली टूटती है...यही लिजलिजी चीज़ तेज़ी-से पैर के ऊपर से गुज़र जाती है... और ड्योढ़ी पार करके जंगला पार करने की कोशिश में धप्-से नीचे जा गिरती है। एक हल्की-सी आवाज़...च्यों-च्यों-च्यों...और बस।

भगत काँपकर सुन्न हो रहता है। लगता है, जैसे उस तेज़ दौड़ती चीज़ के साथ उसके अन्दर की कोई चीज़ भी धप्-से दीवानख़ाने में जा गिरी हो... और अब वहाँ से उठकर वापस आने की कोशिश में डूबती जा रही हो। दरवाज़ा बन्द करके लम्बे कदम रखता वह बिस्तर पर लौट आता है।

अब उसे बत्ती बुझाने का ध्यान आता है। वापस दीवार तक जाने, बत्ती बुझाने और लौटकर बिस्तर तक आने की बात सोचकर घुटने काँपने लगते हैं।

उसे बिशने का ख़्याल आता है। अभी तीन साल पहले की बात थी, जब बिशने ने दीवानख़ाने से निकले एक साँप को निचली ड्योढ़ी में लाठी से मार दिया था। इस बात पर बिशने से कितनी खटपट हुई थी! बड़ों से सुन रखा था कि दीवानख़ाने में ख़ानदान का पुराना धन गड़ा है और उनके बाबा-पड़दादा साँप बनकर उसकी रखवाली करते हैं। दीवानख़ाने को खोला इसीलिए नहीं जाता था कि पुरखे उससे नाराज़ न हो जाएँ। और यह लड़का था कि इसने नाली के रास्ते हवा लेने के लिए बाहर आए एक पुरखे को जान से ही मार डाला था!

‘‘सुन!’’ फूलकौर को धीरे-से हिलाता है। दो जागती आँखों के सामने ही वह बत्ती बुझाना चाहता है।

फूलकौर आँखें खोलती है—इस तरह जैसे कि जगाए जाने की राह ही देख रही हो। उसके होंठों पर हल्की मुस्कराहट आती है—सपने से बाहर चली आई-सी। ‘‘क्या, बात है?’’ वह पूछती है।

''कुछ नहीं, ऐसे ही आवाज़ दी थी।''

फूलकौर के होंठ उसी तरह फैले रहते हैं—सिर्फ मुस्कराहट की रेखा परेशानी की रेखा में बदल जाती हैं ''तबीयत ठीक है?'' वह पूछती है।

''हाँ, ठीक है।''

''पानी-वानी चाहिए।''

''नहीं।''

''फिर...?''

''एक बात कहनी थी।...''

फूलकौर बैठ जाती है। ''मुझे पता है, जो बात कहनी थी। बत्ती बुझानी होगी।''

''इतनी ही समझ है तेरी!'' भगत खीज उठता है। ''बत्ती बुझाने के लिए मैं तुझे जगाऊँगा!... मैं बात करना चाहता था, उसके बारे में...।''

''पहले उठकर बत्ती बुझा दो...फिर जो चाहो बात करते रहना।''

भगत उठता है—जैसे ताव में—और बत्ती बुझाकर लौट आता है। अँधेरे में कुछ देर दोनों राह देखते हैं—एक-दूसरे की आवाज़ सुनने की। फिर फूलकौर धीरे-से कहती है, ''अब बोलते क्यों नहीं?''

भगत चुप रहता है। सोचता है कि अगली बार भी जवाब नहीं देगा, सिर्फ़ इतना कह देगा, ''कुछ नहीं।''

मगर फूलकौर दोहराकर नहीं पूछती। कहती, ''अच्छा, मत बताओ।'' भगत के मुँह तक आया हुआ 'कुछ नहीं' तब तक बाहर फिसल आता है। वह उसे समेटता हुआ कहता है, ''कुछ ख़ास बात नहीं...इतना ही कहना चाहता था कि... अगर दो चूल्हे अलग-अलग कर लिए जाएँ...वे लोग जो कुछ खाना-पकाना चाहें, अलग से खा-पका लें...''

फूलकौर की आँखें अँधेरे में उसके चेहरे को टटोलती हैं। ''क्या कहा तुमने?''

''यही कि...।''

''तुम कह रहे हो यह बात?''

खटमल जैसी कोई चीज़ भगत को अपनी जाँघ पर रेंगती महसूस होती है। उसे वह अँगूठे से मसल देता है। ''मैं तेरी वजह से कह रहा था...क्योंकि बाद में तू सारी बात मेरे सिर पर डाल देगी।''

''बिशना आए, तो कह दूँ मैं उससे?''

''हाँ...कह देना।''

''तो इसका मतलब यह है कि...।''

भगत कुछ न कहकर आगे सुनने की राह देखता है।

''...कि वह भी बिशने के साथ यहीं रहेगी आकर?''

भगत धोती उठाकर जाँघ को अच्छी तरह झाड़ लेता है। ''अब मेरी कोई ज़िम्मेदारी नहीं। मुझे पता था, तू उन्हें घर में रखने को राज़ी नहीं है।''

''यह कहा है मैंने?''

''खुद चाहती नहीं, और तोहमत मेरे सिर लगाती है।''

''मैं नहीं चाहती?''...मेरी तरफ़ से वह किसी को घर में ले आए। मैं यहाँ न पड़ रहूँगी, पीछे के कमरे में पड़ रहूँगी। फ़र्क़ जो पड़ता है वह तो तुम्हारी भगताई को ही पड़ता है।''

''मुझे क्या फ़र्क़ पड़ता है?'' भगत उतावला होकर कहता है। ''ठाकुर जी की सेवा के लिए मैं कुएँ से किरमिच के डोल में पानी ले आया करूँगा।''

कुछ देर ख़ामोशी रहती है। दोनों की साँसें एक-तार चलती हैं। फिर भगत कहता है, ''दरअसल उसे संगत अच्छी नहीं मिली।''

''किसे?''

''बिशन को, और किसे?...अब यह राधे ही है...न रखता उन्हें अपने घर में...कह रहा था कटरे में उनके लिए अलग मकान देख रहा है।''

''वह अलग मकान लेकर रहेगा?''

भगत हुँकारा भरकर ख़ामोश हो रहता है। कुछ देर बाद करवट बदलते हुए कहता है, ''कढ़ी-चोर...!

मन्दी

चेयरिंग क्रास पर पहुँचकर मैंने देखा कि उस वक़्त वहाँ मेरे सिवा एक भी आदमी नहीं है। एक बच्चा, जो अपनी आया के साथ वहाँ खेल रहा था, अब उसके पीछे भागता हुआ ठंडी सड़क पर चला गया था। घाटी में एक जली हुई इमारत का ज़ीना इस तरह शून्य की तरफ़ झाँक रहा था, जैसे सारे विश्व को आत्महत्या की प्रेरणा और अपने ऊपर आकर कूद जाने का निमन्त्रण दे रहा हो। आसमान के विस्तार को देखते हुए उस निःस्तब्ध एकान्त में मुझे हार्डी के एक लैंडस्केप की याद हो आयी, जिसके कई पृष्ठों के वर्णन के बाद मानवता दृश्यपट पर प्रवेश करती है...अर्थात् एक छकड़ा धीमी चाल से आता दिखाई देता है। मेरे सामने भी खुली घाटी थी, दूर तक फैली पहाड़ी शृंखलाएँ थीं, बादल थे, चेयरिंग क्रास का सुनसान मोड़ था...और यहाँ भी कुछ उसी तरह मानवता ने दृश्यपट पर प्रवेश किया...अर्थात् एक पचास-पचपन साल का भला आदमी छड़ी टेकता दूर से आता दिखाई दिया। वह इस तरह इधर-उधर नज़र डालता चल रहा था जैसे देख रहा हो कि जो ढेले-पत्थर कल वहाँ पड़े थे, वे आज भी अपनी जगह पर हैं या नहीं। जब वह मुझसे कुछ ही फ़ासले पर रह गया, तो उसने अपनी आँखें तीन-चौथाई बन्द करके छोटी-छोटी लकीरों जैसी बना लीं और मेरे चेहरे का ग़ौर से मुआइना करता हुआ आगे बढ़ने लगा। मेरे पास आने तक उसकी नज़र ने जैसे फैसला कर लिया, और उसने रुककर छड़ी पर भार डाले हुए पल-भर के वक़्फ़े के बाद पूछा, ‘‘यहाँ नए आये हो?’’

‘‘जी हाँ, ‘‘मैंने उसकी मुरझाई हुई पुतलियों में अपने चेहरे का साया देखते हुए ज़रा संकोच के साथ कहा।

‘‘मुझे लग रहा था कि नए ही आये हो,’’ वह बोला, ‘‘पुराने लोग तो सब अपने पहचाने हुए हैं।’’

‘‘आप यहीं रहते हैं?’’ मैंने पूछा।

‘‘हाँ यहीं रहते हैं,’’ उसने विरक्ति और शिकायत के स्वर में उत्तर दिया, ‘‘जहाँ का अन्न-जल लिखाकर लाये थे, वहीं तो न रहेंगे...अन्न-जल मिले चाहे न मिले।’’

उसका स्वर कुछ ऐसा था जैसे मुझसे उसे कोई पुराना गिला हो। मुझे लगा कि या तो वह बेहद निराशावादी है, या उसे पेट का कोई संक्रामक रोग है। उसकी रस्सी की तरह बँधी टाई से यह अनुमान होता था कि वह एक रिटायर्ड कर्मचारी है जो अब अपनी कोठी में सेब का बगीचा लगाकर उसकी रखवाली किया करता है।

‘‘आपकी यहाँ पर अपनी ज़मीन होगी?’’ मैंने उत्सुकता न रहते हुए भी पूछ लिया।

‘‘ज़मीन?’’ उसके स्वर में और भी निराशा और शिकायत भर आयी, ‘‘ज़मीन कहाँ जी?’’ और फिर जैसे कुछ खीझ और कुछ व्यंग्य के साथ सिर हिलाकर उसने कहा, ‘‘ज़मीन!’’

मुझे समझ नहीं आ रहा था कि अब मुझे क्या करना चाहिए। उसी तरह छड़ी पर भार दिये मेरी तरफ़ देख रहा था। कुछ क्षणों का वह खामोश अन्तराल मुझे विचित्र-सा लगा। उस स्थिति से निकलने के लिए मैंने पूछ लिया, ‘‘तो आप यहाँ कोई अपना निज का काम करते हैं?’’

‘‘काम क्या करना है जी?’’ उसने जवाब दिया, ‘‘घर से खाना अगर काम है, तो वही काम करते हैं और आजकल काम रह क्या गये हैं? हर काम का बुरा हाल है!’’

मेरा ध्यान पल-भर के लिए जली हुई इमारत के ज़ीने की तरफ़ चला गया। उसके ऊपर एक बन्दर आ बैठा था और सिर खुजलाता हुआ शायद यह फ़ैसला करना चाह रहा था कि उसे कूद जाना चाहिए या नहीं।

‘‘अकेले आए हो?’’ अब उस आदमी ने मुझसे पूछ लिया।

‘‘जी हाँ, अकेला ही आया हूँ,’’ मैंने जवाब दिया।

‘‘आजकल यहाँ आता ही कौन है?’’ वह बोला, ‘‘यह तो बियावान जगह है। सैर के लिए अच्छी जगहें हैं शिमला, मंसूरी वग़ैरह। वहाँ क्यों नहीं चले गए?’’

मुझे फिर से उसकी पुतलियों में अपना साया नज़र आ गया। मगर मन होते हुए भी मैं उससे यह नहीं कह सका कि मुझे पहले पता होता कि वहाँ आकर मेरी उससे मुलाक़ात होगी, तो मैं ज़रूर किसी और पहाड़ पर चला जाता।

‘‘ख़ैर, अब तो आ ही गये हो,’’ वह फिर बोला, ‘‘कुछ दिन घूम-फिर लो। ठहरने का इन्तज़ाम कर लिया है?’’

‘‘जी हाँ,’’ मैंने कहा, ‘‘कथलक रोड पर एक कोठी ले ली है।’’

‘‘सभी कोठियाँ खाली पड़ी हैं,’’ वह बोला, ‘‘हमारे पास भी एक कोठरी थी। अभी कल ही दो रुपये महीने पर चढ़ाई है। दो-तीन महीने लगी रहेगी। फिर दो-चार रुपये पास से डालकर सफ़ेदी करा देंगे। और क्या!’’ फिर दो-एक क्षण के बाद उसने पूछा, ‘‘खाने का क्या इन्तज़ाम किया है?’’

‘‘अभी कुछ नहीं किया।’’ मैंने कहा। इस वक़्त इसी ख़्याल से बाहर आया था कि कोई अच्छा-सा होटल देख लूँ, जो ज़्यादा महँगा भी न हो।’’

‘‘नीचे बाज़ार में चले जाओ,’’ वह बोला, ‘‘नत्थासिंह का होटल पूछ लेना। सस्ते होटलों में वही अच्छा है। वहीं खा लिया करना। पेट ही भरना है! और क्या!’’

और अपनी नहूसत मेरे अन्दर भरकर वह पहले की तरह छड़ी टेकता हुआ रास्ते पर चल दिया।

नत्थासिंह का होटल बाज़ार में बहुत नीचे जाकर था। जिस समय मैं वहाँ पहुँचा बुड्ढा सरदार नत्थासिंह और उसके दोनों बेटे अपनी दुकान के सामने हलवाई की दुकान में बैठे हलवाई के साथ ताश खेल रहे थे। मुझे देखते ही नत्थासिंह ने तपाक से अपने बड़े लड़के से कहा, ‘‘उठ बसन्ते, ग्राहक आया है।’’

बसन्ते ने तुरन्त हाथ के पत्ते फेंक दिए और बाहर निकल आया।

‘‘क्या चाहिए साब?’’ उसने आकर अपनी गद्दी पर बैठते हुए पूछा।

‘‘एक प्याली चाय बना दो,’’ मैंने कहा।

‘‘अभी लीजिए!’’ और वह केतली में पानी डालने लगा।

‘‘अंडे-वंडे रखते हो?’’ मैंने पूछा।

‘‘रखते तो नहीं, पर आपके लिए अभी मँगवा देता हूँ,’’ वह बोला, ‘‘कैसे अंडे लेंगे? फ्राई या आमलेट?’’

‘‘आमलेट,’’ मैंने कहा।

‘‘जा हरबंसे, भागकर ऊपर वाले लाला से दो अंडे ले आ,’’ उसने अपने छोटे भाई को आवाज़ दी।

आवाज़ सुनकर हरबंसे ने भी झट से हाथ के पत्ते फेंक दिए और उठकर

बाहर आ गया। बसन्ते से पैसे लेकर वह भागता हुआ बाज़ार की सीढ़ियाँ चढ़ गया। बसन्ता केतली भट्ठी पर रखकर नीचे से हवा करने लगा।

हलवाई और नत्थासिंह अपने-अपने पत्ते हाथ में लिए थे। हलवाई अपने पाजामे का कपड़ा उँगली और अँगूठे के बीच में लेकर जाँघ खुजलाता हुआ कह रहा था, ''अब चढ़ाई शुरू हो रही है नत्थासिंह!''

''हाँ, अब गर्मियाँ आयी हैं, तो चढ़ाई शुरू होगी ही,'' नत्थासिंह अपनी सफ़ेद दाढ़ी में उँगलियों से कंघी करता हुआ बोला, ''चार पैसे कमाने के यही तो दिन हैं।''

''पर नत्थासिंह, अब वह पहले वाली बात नहीं है,'' हलवाई ने कहा, ''पहले दिनों में हज़ार-बारह सौ आदमी इधर को आते थे, हज़ार-बारह सौ उधर को जाते थे, तो लगता था कि हाँ, लोग बाहर से आए हैं। अब आ भी गए सौ-पचास तो क्या है!''

''सौ-पचास की भी बड़ी बरकत है,'' नत्थासिंह धार्मिकता के स्वर में बोला।

''कहते हैं आजकल किसी के पास पैसा ही नहीं रहा,'' हलवाई ने जैसे चिन्तन करते हुए कहा, ''यह बात मेरी समझ में नहीं आती। दो-चार साल सबके पास पैसा हो जाता है, फिर एकदम सब के सब भूखे-नंगे हो जाते हैं! जैसे पैसों पर किसी ने बाँध बाँधकर रखा है। जब चाहता है छोड़ देता है, जब चाहता है रोक लेता है!''

''सब करनी कर्तार की है,'' कहता हुआ नत्थासिंह भी पत्ते फेंककर उठ खड़ा हुआ।

''कर्तार की करनी कुछ नहीं है,'' हलवाई बेमन से पत्ते रखता हुआ बोला, ''जब कर्तार पैदावार उसी तरह करता है, तो लोग क्यों भूखे-नंगे हो जाते हैं? यह बात मेरी समझ में नहीं आती।''

नत्थासिंह ने दाढ़ी खुजलाते हुए आकाश की ओर देखा, जैसे खीझ रहा हो कि कर्तार के अलावा दूसरा कौन है, जो लोगों को भूखे-नंगे बना सकता है।

''कर्तार को ही पता है,'' पल-भर उसने सिर हिलाकर कहा।

''कर्तार को कुछ पता नहीं है,'' हलवाई ने ताश की गड्डी फटी हुई डब्बी में रखते हुए सिर हिलाकर कहा और अपनी गद्दी पर जा बैठा। मैं यह तय नहीं कर सका कि उसने कर्तार को निर्दोष बताने की कोशिश की है, या कर्तार की ज्ञानशक्ति पर सन्देह प्रकट किया है।

कुछ देर बाद मैं चाय पीकर वहाँ से चलने लगा, तो बसन्ते ने कुल छह

आने माँगे। उसने हिसाब भी दिया—चार आने के अंडे, एक आने का घी और एक आने की चाय। मैं पैसे देकर बाहर निकला तो नत्थासिंह ने पीछे से आवाज़ दी, ''भाई साहब, रात को खाना भी यहीं खाइएगा। आज आपके लिए स्पेशल चीज़ बनाएँगे! ज़रूर आइएगा।''

उसके स्वर में ऐसा अनुरोध था कि मैं मुस्कराए बिना नहीं रह सका। सोचा कि उसने छह आने में क्या कमा लिया है जो मुझसे रात को फिर आने का अनुरोध कर रहा है।

शाम को सैर से लौटते हुए मैंने बुक एजेंसी से अख़बार ख़रीदा और बैठकर पढ़ने के लिए एक बड़े से रेस्तराँ में चला गया। अन्दर पहुँचकर देखा कि कुर्सियाँ, मेज़ और सोफ़े करीने से सजे हुए हैं, पर न तो हॉल में कोई बैरा है और न ही काउंटर पर कोई आदमी है। मैं एक सोफ़े पर बैठकर अख़बार पढ़ने लगा। एक कुत्ता जो उस सोफ़े से सटकर लेटा था, अब वहाँ से उठकर सामने के सोफ़े पर आ बैठा और मेरी तरफ़ देखकर जीभ लपलपाने लगा। मैंने एक बार हल्के से मेज़ को थपथपाया, बैरे को आवाज़ दी, पर कोई इनसानी सूरत सामने नहीं आयी। अलबत्ता, कुत्ता सोफ़े से मेज़ पर आकर अब और भी पास से मेरी तरफ़ जीभ लपलपाने लगा। मैं अपने और उसके बीच अख़बार का पर्दा करके ख़बरें पढ़ता रहा।

उस तरह बैठे हुए मुझे पन्द्रह-बीस मिनट बीत गए। आख़िर जब मैं वहाँ से उठने को हुआ, तो बाहर का दरवाज़ा खुला और पाजामा-कमीज़ पहने एक आदमी अन्दर दाख़िल हुआ। मुझे देखकर उसने दूर से सलाम किया और पास आकर ज़रा संकोच के साथ कहा, ''माफ़ कीजिएगा, मैं एक बाबू का सामान मोटर के अड्डे तक छोड़ने चला गया था। आपको आए ज़्यादा देर तो नहीं हुई?''

मैंने उसके ढीले-ढाले जिस्म पर एक गहरी नज़र डाली और उससे पूछ लिया, ''तुम यहाँ अकेले ही काम करते हो?''

''जी, आजकल अकेला ही हूँ,'' उसने जवाब दिया, ''दिन-भर मैं यहीं रहता हूँ, सिर्फ बस के वक़्त किसी बाबू का सामान मिल जाए तो अड्डे तक छोड़ने चला जाता हूँ।''

''यहाँ का कोई मैनेजर नहीं है?'' मैंने पूछा।

''जी, मालिक आप ही मैनेजर हैं,'' वह बोला, ''वह आजकल अमृतसर में रहता है। यहाँ का सारा काम मेरे ज़िम्मे है।''

''तुम यहाँ चाय-वाय कुछ बनाते हो?''

‘‘चाय, कॉफ़ी, जिस चीज़ का ऑर्डर दें, वह बन सकती है!’’

‘‘अच्छा ज़रा अपना मेन्यू दिखाना।’’

उसके चेहरे के भाव से मैंने अन्दाज़ा लगाया कि वह मेरी बात नहीं समझा। मैंने उसे समझाते हुए कहा, ‘‘तुम्हारे पास खाने-पीने की चीज़ों की छपी हुई लिस्ट होगी, वह ले आओ।’’

‘‘अभी लाता हूँ जी,’’ कहकर वह सामने की दीवार की तरफ़ चला गया और वहाँ से एक गत्ता उतार लाया। देखने पर मुझे पता चला कि वह उस होटल का लाइसेंस है।

‘‘यह तो यहाँ का लाइसेंस है,’’ मैंने कहा।

‘‘जी, छपी हुई लिस्ट तो यहाँ पर नहीं है,’’ वह असमंजस में पड़ गया।

‘‘अच्छा ठीक है, मेरे लिए चाय ले आओ,’’ मैंने कहा।

‘‘अच्छा जी!’’ वह बोला, ‘‘मगर साहब,’’ और उसके स्वर में काफ़ी आत्मीयता आ गयी, ‘‘मैं कहता हूँ, खाने का टैम है, खाना ही खाओ। चाय का क्या पीना! साली अन्दर जाकर नाड़ियों को जलाती है।’’

मैं उसकी बात पर मन-ही-मन मुस्कराया। मुझे सचमुच भूख लग रही थी, इसलिए मैंने पूछा, ‘‘सब्ज़ी-वब्ज़ी क्या बनाई है?’’

‘‘आलू-मटर, आलू-टमाटर, भुर्ता, भिंडी, कोफ्ता, रायता...’’ वह जल्दी-जल्दी लम्बी सूची बोल गया।

‘‘कितनी देर में ले आओगे?’’ मैंने पूछा।

‘‘बस जी पाँच मिनट में।’’

‘‘तो आलू-मटर और रायता ले आओ। साथ खुश्क चपाती।’’

‘‘अच्छा जी!’’ वह बोला, ‘‘पर साहब,’’ और फिर स्वर में वही आत्मीयता लाकर उसने कहा, ‘‘बरसात का मौसम है। रात के वक़्त रायता न खाओ, तो अच्छा है। ठंडी चीज़ है। बाज़ वक़्त नुक़सान कर जाती है।’’

उसकी आत्मीयता से प्रभावित होकर मैंने कहा, ‘‘तो अच्छा, सिर्फ आलू-मटर ले आओ।’’

‘‘बस, अभी लो जी, अभी लाया,’’ कहता हुआ वह लकड़ी के ज़ीने से नीचे चला गया।

उसके जाने के बाद मैं कुत्ते से जी बहलाने लगा। कुत्ते को शायद बहुत दिनों से कोई चाहने वाला नहीं मिला था। वह मेरे साथ ज़रूरत से ज़्यादा प्यार दिखाने लगा। चार-पाँच मिनट के बाद बाहर का दरवाज़ा फिर खुला और एक

पहाड़ी नवयुवती अन्दर आ गयी। उसके कपड़ों और पीठ पर बँधी टोकरी से ज़ाहिर था कि वह वहाँ की कोयला बेचनेवाली लड़कियों में से है। सुन्दरता का सम्बन्ध चेहरे की रेखाओं से ही हो, तो उसे सुन्दर कहा जा सकता था। वह सीधी मेरे पास आ गयी और छूटते ही बोली, ''बाबूजी, हमारे पैसे आज ज़रूर मिल जाएँ।''

कुत्ता मेरे पास था, इसलिए मैं उसकी बात से घबराया नहीं।

मेरे कुछ कहने के पहले ही वह फिर बोली, ''आपके आदमी ने एक किल्टा कोयला लिया था। आज छह-सात दिन हो गए। कहता था, दो दिन में पैसे मिल जाएँगे। मैं आज तीसरी बार माँगने आयी हूँ। आज मुझे पैसों की बहुत ज़रूरत है।''

मैंने कुत्ते को बाँहों से निकल जाने दिया। मेरी आँखें उसकी नीली पुतलियों को देख रही थीं। उसके कपड़े—पाजामा, कमीज़, वास्कट, चादर और पटका—सभी बहुत मैले थे। मुझे उसकी ठोड़ी की तराश बहुत सुन्दर लगी। सोचा कि उसकी ठोड़ी के सिरे पर अगर एक तिल भी होता...।

''मेरे चौदह आने पैसे हैं,'' वह कह रही थी।

और मैं सोचने लगा कि उसे ठोड़ी के तिल और चौदह आने पैसे में से एक चीज़ चुनने को कहा जाए, तो वह क्या चुनेगी?

''मुझे आज जाते हुए बाज़ार से सौदा लेकर जाना है,'' वह कह रही थी।

''कल सवेरे आना!'' उसी समय बैरे ने ज़ीने से ऊपर आते हुए कहा।

''रोज़ मुझसे कल सवेरे बोल देता,'' वह मुझे लक्ष्य करके ज़रा गुस्से के साथ बोली, ''इससे कहिए कल सवेरे मेरे पैसे ज़रूर दे दे।''

''इनसे क्या कह रही है, ये तो यहाँ खाना खाने आए हैं,'' बैरा उसकी बात पर थोड़ा हँस दिया।

इससे लड़की की नीली आँखों में संकोच की हल्की लहर दौड़ गयी। वह अब बदले हुए स्वर में मुझसे बोली, ''आपको कोयला तो नहीं चाहिए?''

''नहीं,'' मैंने कहा।

''चौदह आने का किल्टा दूँगी, कोयला देख लो,'' कहते हुए उसने अपनी चादर की तह में से एक कोयला निकालकर मेरी तरफ़ बढ़ा दिया।

''ये यहाँ आकर खाना खाते हैं, इन्हें कोयला नहीं चाहिए,'' अब बैरे ने उसे झिड़क दिया।

''आपको खाना बनाने के लिए नौकर चाहिए?'' मगर लड़की बात करने

से नहीं रुकी, ''मेरा छोटा भाई है। सब काम जानता है। पानी भी भरेगा, बरतन भी मलेगा...।''

''तू जाती है यहाँ से कि नहीं?'' बैरे का स्वर अब दुतकारने का-सा हो गया।

''आठ रुपये महीने में सारा काम कर देगा,'' लड़की उस स्वर को महत्त्व न देकर कहती रही, ''पहले एक डॉक्टर के घर में काम करता था। डॉक्टर अब यहाँ से चला गया है।''

बैरे ने अब उसे बाँह से पकड़ लिया और बाहर की तरफ़ ले जाता हुआ बोला, ''चल-चल, जाकर अपना काम कर। कह दिया है, उन्हें नौकर नहीं चाहिए, फिर भी बके जा रही है!''

''मैं कल इसी वक़्त उसे लेकर आऊँगी,'' लड़की ने फिर भी चलते-चलते मुड़कर कह दिया।

बैरा उसे दरवाज़े से बाहर पहुँचाकर पास आता हुआ बोला, ''कमीन जात! ऐसे गले पड़ जाती है कि बस...!''

''खाना अभी कितनी देर में लाओगे?'' मैंने उससे पूछा।

''बस जी पाँच मिनट में लेकर आ रहा हूँ,'' वह बोला, ''आटा गूँथकर सब्जी चढ़ा आया हूँ। ज़रा नमक ले आऊँ आकर चपातियाँ बनाता हूँ।''

ख़ैर, खाना मुझे काफ़ी देर से मिला। खाने के बाद मैं काफ़ी देर ठंडी-गरम सड़क पर टहलता रहा क्योंकि पहाड़ियों पर छिटकी चाँदनी बहुत अच्छी लग रही थी। लौटते वक़्त बाज़ार के पास से निकलते हुए मैंने सोचा कि नाश्ते के लिए सरदार नत्थासिंह से दो अंडे उबलवाकर लेता चलूँ। दस बज चुके थे, पर नत्थासिंह की दुकान अभी खुली थी। मैं वहाँ पहुँचा तो नत्थासिंह और उसके दोनों बेटे पैरों पर बैठे खाना खा रहे थे। मुझे देखते ही बसन्ते ने कहा, ''वह लो, आ गए भाई साहब!''

''हम कितने देर इन्तज़ार कर-करके अब खाना खाने बैठे हैं!'' हरबंस बोला।

''ख़ास आपके लिए मुर्ग़ा बनाया था।'' नत्थासिंह ने कहा, ''हमने सोचा था कि भाई साहब देख लें कि कैसा खाना बनाते हैं। ख़याल था दो-एक प्लेटें और लग जाएँगी। पर न आप आए, और न किसी और ने ही मुर्ग़े की प्लेट ली। हम अब तीनों खुद खाने बैठे हैं। मैंने मुर्ग़ा इतने चाव से, इतने प्रेम से बनाया था कि क्या कहूँ! क्या पता था कि खुद ही खाना पड़ेगा। ज़िन्दगी में ऐसे भी दिन देखने थे! वे भी दिन थे जब अपने लिए मुर्ग़े का शोरबा तक नहीं बचता था! और एक दिन यह है। भरी हुई पतीली सामने रखकर बैठे हैं! गाँठ

से साढ़े तीन रुपये लग गये, जो अब पेट में जाकर खनकते भी नहीं! जो तेरी करनी मालिक!''

''इसमें मालिक की क्या करनी है?'' बसन्ता ज़रा तीख़ा होकर बोला, ''जो करनी है, सब अपनी ही है! आप ही को जोश आ रहा था कि चढ़ाई शुरू हो गयी है, लोग आने लगे हैं, कोई अच्छी चीज़ बनानी चाहिए। मैंने कहा था कि अभी आठ-दस दिन ठहर जाओ, ज़रा चढ़ाई का रंग देख लेने दो। पर नहीं माने! हठ करते रहे कि अच्छी चीज़ से मुहूरत करेंगे तो सीज़न अच्छा गुज़रेगा। लो, हो गया मुहूरत?''

उसी समय वह आदमी, जो कुछ घंटे पहले मुझे चेयरिंग क्रास पर मिला था, मेरे पास आकर खड़ा हो गया। अँधेरे में उसने मुझे नहीं पहचाना और छड़ी पर भार देकर नत्थासिंह से पूछा, ''नत्थासिंह एक ग्राहक भेजा था, आया था?''

''कौन ग्राहक?'' नत्थासिंह चिढ़े-मुरझाए हुए स्वर में बोला।

''घुँघराले बालों वाला नौजवान था—मोटे शीशे का चश्मा लगाए हुए...''

''ये भाई साहब खड़े हैं!'' इससे पहले कि वह मेरा और वर्णन करता, नत्थासिंह ने उसे होशियार कर दिया।

''अच्छा आ गए हैं!'' उसने मुझे लक्ष्य करके कहा और फिर नत्थासिंह की तरफ़ देखकर बोला, ''तो ला नत्थासिंह, चाय की प्याली पिला।''

कहता हुआ वह सन्तुष्ट भाव से अन्दर टीन की कुरसी पर जा बैठा। बसन्ता भट्ठी पर केतली रखते हुए जिस तरह से बुदबुदाया, उससे ज़ाहिर था कि वह आदमी चाय की प्याली ग्राहक भेजने के बदले में पीने जा रहा है।

परमात्मा का कुत्ता

बहुत-से लोग यहाँ-वहाँ सिर लटकाए बैठे थे, जैसे किसी का मातम करने आए हों। कुछ लोग अपनी पोटलियाँ खोलकर खाना खा रहे थे। दो-एक व्यक्ति पगड़ियाँ सिर के नीचे रखकर कम्पाउंड के बाहर सड़क के किनारे बिखर गए थे। छोले-कुलचे वाले का रोज़गार गरम था, और कमेटी के नल के पास एक छोटा-मोटा क्यू लगा था। नल के पास कुर्सी डालकर बैठा अर्ज़ीनवीस धड़ाधड़ अर्ज़ियाँ टाइप कर रहा था। उसके माथे से बहकर पसीना उसके होंठों पर आ रहा था, लेकिन उसे पोंछने की फ़ुरसत नहीं थी। सफ़ेद दाढ़ियों वाले दो-तीन लम्बे-ऊँचे जाट अपनी लाठियों पर झुके हुए उसके खाली होने का इन्तज़ार कर रहे थे। धूप से बचने के लिए अर्ज़ीनवीस ने जो टाट का परदा लगा रखा था, वह हवा से उड़ा जा रहा था। थोड़ी दूर मोढ़े पर बैठा उसका लड़का अँग्रेज़ी प्राइमर को रट्टा लगा रहा था—सी ए टी कैट—कैट माने बिल्ली, बी ए टी बैट—बैट माने बल्ला एफ ए टी फैट—फैट माने मोटा...। कमीज़ों के आधे बटन खोले और बगल में फ़ाइलें दबाए कुछ बाबू एक-दूसरे से छेड़खानी करते रजिस्ट्रेशन ब्रांच से रिकार्ड ब्रांच की तरफ़ जा रहे थे। लाल बेल्ट वाला चपरासी, आस-पास की भीड़ से उदासीन, अपने स्टूल पर बैठा मन-ही-मन कुछ हिसाब कर रहा था। कभी उसके होंठ हिलते थे और कभी सिर हिल जाता था। सारे कम्पाउंड में सितम्बर की खुली धूप फैली थी। चिड़ियों के कुछ बच्चे डालों से कूदने और फिर ऊपर को उड़ने का अभ्यास कर रहे थे और कई बड़े-बड़े कौए पोर्च के एक सिरे से दूसरे सिरे तक चहलक़दमी कर रहे थे। एक सत्तर-पचहत्तर की बुढ़िया, जिसका सिर काँप रहा था और चेहरा झुर्रियों के गुंझल के सिवा कुछ नहीं था, लोगों से पूछ रही थी कि वह अपने लड़के के मरने के बाद उसके नाम एलाट हुई ज़मीन की हकदार हो जाती है या नहीं...?

अन्दर हॉल कमरे में फ़ाइलें धीरे-धीरे चल रही थीं। दो-चार बाबू बीच की मेज़ के पास जमा होकर चाय पी रहे थे। उनमें से एक दफ़्तरी काग़ज़ पर लिखी

अपनी ताज़ा ग़ज़ल दोस्तों को सुना रहा था और दोस्त इस विश्वास के साथ सुन रहे थे कि वह जरूर उसने 'शमा' या 'बीसवीं सदी' के किसी पुराने अंक में से उड़ाई है।

"अज़ीज़ साहब, ये शेर आज ही कहे हैं, या पहले कहे हुए शेर आज अचानक याद हो आए हैं?" साँवले चेहरे और घनी मूँछों वाले एक बाबू ने बायीं आँख को ज़रा-सा दबाकर पूछा। आस-पास खड़े सब लोगों के चेहरे खिल गए।

"यह बिल्कुल ताज़ा ग़ज़ल है," अज़ीज़ साहब ने अदालत में खड़े होकर हलफ़िया बयान देने के लहज़े में कहा, "इससे पहले भी इसी वज़न पर कोई और चीज़ कही हो तो याद नहीं।" और फिर आँखों से सबके चेहरों को टटोलते हुए वे हल्की हँसी के साथ बोले, "अपना दीवाना तो कोई रिसर्चदां ही मुरत्तब करेगा...।"

एक फ़रमायशी कहकहा लगा जिसे 'शी-शी' की आवाज़ों ने बीच में ही दबा लिया। कहकहे पर लगायी गयी इस ब्रेक का मतलब था कि कमिश्नर साहब अपने कमरे में तशरीफ़ ले आए हैं। कुछ देर का वक़्फ़ा रहा, जिसमें सुरजीत सिंह वल्द गुरमीत सिंह की फ़ाइल एक मेज़ से एक्शन के लिए दूसरी मेज़ पर पहुँच गयी, सुरजीत सिंह वल्द गुरमीत सिंह मुसकराता हुआ हॉल से बाहर चला गया, और जिस बाबू की मेज़ से फ़ाइल गयी थी, वह पाँच रुपये के नोट को सहलाता हुआ चाय पीने वालों के जमघट में आ शामिल हुआ। अज़ीज़ साहब अब आवाज़ ज़रा धीमी करके ग़ज़ल का अगला शेर सुनाने लगे।

साहब के कमरे से घंटी हुई। चपरासी मुस्तैदी से उठकर अन्दर गया, और उसी मुस्तैदी से वापस आकर फिर अपने स्टूल पर बैठ गया।

चपरासी से खिड़की का पर्दा ठीक कराकर कमिश्नर साहब ने मेज़ पर रखे ढेर-से काग़ज़ों पर एक साथ दस्तख़त किए और पाइप सुलगाकर 'रीडर्ज़ डाइजेस्ट' का ताज़ा अंक बैग से निकाल लिया। लेटीशिया बाल्ड्रिज का लेख कि उसे इतालवी मर्दों से क्यों प्यार है, वे पढ़ चुके थे। और लेखों में हृदय की शल्य-चिकित्सा के सम्बन्ध में जे.डी. रेडक्लिफ का लेख उन्होंने सबसे पहले पढ़ने के लिए चुन रखा था। पृष्ठ एक सौ ग्यारह खोलकर वे हृदय के नए ऑपरेशन का ब्यौरा पढ़ने लगे।

तभी बाहर से कुछ शोर सुनाई देने लगा।

कम्पाउंड में पेड़ के नीचे बिखरकर बैठे लोगों में चार नए चेहरे आ शामिल हुए थे। एक अधेड़ आदमी था, जिसने अपनी पगड़ी ज़मीन पर बिछा ली थी और हाथ पीछे करके तथा टाँगें फैलाकर उस पर बैठ गया था। पगड़ी के सिरे

की तरफ़ उससे ज़रा बड़ी उम्र की एक स्त्री और एक जवान लड़की बैठी थीं और उनके पास खड़ा एक दुबला-सा लड़का आस-पास की हर चीज़ को घूरती नज़र से देख रहा था। अधेड़ मरद की फैली हुई टाँगें धीरे-धीरे पूरी खुल गयी थीं और आवाज़ इतनी ऊँची हो गयी थी कि कम्पाउंड के बाहर से भी बहुत-से लोगों का ध्यान उसकी तरफ़ खिंच गया था। वह बोलता हुआ, साथ अपने घुटने पर हाथ मार रहा था। ''सरकार वक़्त ले रही है! दस-पाँच साल में सरकार फ़ैसला करेगी कि अर्ज़ी मंजूर होनी चाहिए या नहीं। सालो, यमराज भी तो हमारा वक़्त गिन रहा है। उधर वह वक़्त पूरा होगा और इधर तुमसे पता चलेगा कि हमारी अर्ज़ी मंजूर हो गयी है।''

चपरासी की टाँगें ज़मीन पर पुख़्ता हो गयीं, और वह सीधा खड़ा हो गया। कम्पाउंड में बिखरकर बैठे और लेटे हुए लोग अपनी-अपनी जगह पर कस गये। कई लोग उस पेड़ के पास आ जमा हुए।

''दो साल से अर्ज़ी दे रखी है कि सालो, ज़मीन के नाम पर तुमने मुझे जो गड्ढा एलाट कर दिया है, उसकी जगह कोई दूसरी ज़मीन दो। मगर दो साल से अर्ज़ी यहाँ के दो कमरे ही पार नहीं कर पायी!'' वह आदमी अब जैसे एक मज़मे में बैठकर तकरीर करने लगा, ''इस कमरे से उस कमरे में अर्ज़ी के जाने में वक़्त लगता है! इस मेज़ से उस मेज़ तक जाने में भी वक़्त लगता है! सरकार वक़्त ले रही है! लो, मैं आ गया हूँ आज यहीं पर अपना सारा घर-बार लेकर। ले लो जितना वक़्त तुम्हें लेना है!...सात साल की भुखमरी के बाद सालों ने ज़मीन दी है मुझे—सौ मरले का गड्ढा! उसमें क्या मैं बाप-दादों की अस्थियाँ गाड़ूँगा? अर्ज़ी दी थी कि मुझे सौ मरले की जगह पचास मरले दे दो—लेकिन ज़मीन तो दो! मगर अर्ज़ी दो साल से वक़्त ले रही है! मैं भूखा मर रहा हूँ, और अर्ज़ी वक़्त ले रही है!''

चपरासी अपने हथियार लिए हुए आगे आया—माथे पर त्योरियाँ और आँखों में क्रोध। आस-पास की भीड़ को हटाता हुआ वह उसके पास आ गया।

''ए मिस्टर, चल हियां से बाहर!'' उसने हथियारों की पूरी चोट के साथ कहा, ''चल...उठ...!''

''मिस्टर आज यहाँ से नहीं उठ सकता।'' वह आदमी अपनी टाँगें थोड़ी और चौड़ी करके बोला, 'मिस्टर आज यहाँ का बादशाह है। पहले मिस्टर देश के बेताज बादशाहों की जय बुलाता था। अब वह किसी की जय नहीं बुलाता।

अब वह खुद यहाँ का बादशाह है...बेताज बादशाह उसे कोई लाज-शरम नहीं है। उस पर किसी का हुक्म नहीं चलता। समझे, चपरासी बादशाह!''

''अभी तुझे पता चल जाएगा कि तुझ पर किसी का हुक्म चलता है या नहीं,'' चपरासी बादशाह और गरम हुआ, ''अभी पुलिस के सुपुर्द कर दिया जाएगा तो तेरी सारी बादशाही निकल जाएगी...।''

''हा-हा!'' बेताज बादशाह हँसा। ''तेरी पुलिस मेरी बादशाही निकालेगी? तू बुला पुलिस को। मैं पुलिस के सामने नंगा हो जाऊँगा और कहूँगा कि निकालो मेरी बादशाही! हममें से किस-किसकी बादशाही निकालेगी पुलिस? ये मेरे साथ तीन बादशाह और हैं। यह मेरे भाई की बेवा है—उस भाई की, जिसे पाकिस्तान में टाँगों से पकड़कर चीर दिया गया था। यह मेरे भाई का लड़का है, जो अभी से तपेदिक का मरीज़ है। और यह मेरे भाई की लड़की है, जो अब ब्याहने लायक हो गयी है। इसकी बड़ी कुँवारी बहन आज भी पाकिस्तान में है। आज मैंने इन सबको बादशाही दे दी है। तू ले आ जाकर अपनी पुलिस, कि आकर इन सबकी बादशाही निकाल दे। कुत्ता साला...!''

अन्दर से कई-एक बाबू निकलकर बाहर आ गये थे। 'कुत्ता साला' सुनकर चपरासी आपे से बाहर हो गया। वह तैश में उसे बाँह से पकड़कर घसीटने लगा, ''तुझे अभी पता चल जाता है कि कौन साला कुत्ता है! मैं तुझे मार-मारकर...'' और उसने उसे अपने टूटे हुए बूट की एक ठोकर दी। स्त्री और लड़की सहमकर वहाँ से हट गयीं। लड़का एक तरफ़ खड़ा होकर रोने लगा।

बाबू लोग भीड़ को हटाते हुए आगे बढ़ आए और उन्होंने चपरासी को उस आदमी के पास से हटा लिया। चपरासी फिर भी बड़बड़ाता रहा, ''कमीना आदमी, दक्तर में आकर गाली देता है। मैं अभी तुझे दिखा देता कि...''

''एक तुम्हीं नहीं, यहाँ तुम सबके-सब कुत्ते हो,'' वह आदमी कहता रहा, ''तुम सब भी कुत्ते हो, और मैं भी कुत्ता हूँ। फ़र्क़ इतना है कि तुम लोग सरकार के कुत्ते हो—हम लोगों की हड्डियाँ चूसते हो और सरकार की तरफ़ से भौंकते हो। मैं परमात्मा का कुत्ता हूँ। उसकी दी हुई हवा खाकर जीता हूँ, और उसकी तरफ़ से भौंकता हूँ। उसका घर इन्साफ़ का घर है। मैं उसके घर की रखवाली करता हूँ। तुम सब उसके इन्साफ़ की दौलत के लुटेरे हो। तुम पर भौंकना हमारा फ़र्ज़ है, मेरे मालिक का फ़रमान है। मेरा तुमसे असली बैर है। कुत्ते का बैरी कुत्ता होता है। तुम मेरे दुश्मन हो, मैं तुम्हारा दुश्मन हूँ। मैं अकेला हूँ, इसलिए तुम सब मिलकर मुझे मारो। मुझे यहाँ से निकाल दो। लेकिन मैं फिर भी भौंकता

रहूँगा। तुम मेरा भौंकना बन्द नहीं कर सकते। मेरे अन्दर मेरे मालिक का नूर है, मेरे वाहगुरु का तेज है। मुझे जहाँ बन्द कर दोगे, मैं वहाँ भौंकूँगा, और भौंक-भौंककर तुम सबके कान फाड़ दूँगा। साले, आदमी के कुत्ते, जूठी हड्डी पर मरनेवाले कुत्ते, दुम हिला-हिलाकर जीनेवाले कुत्ते...!”

“बाबाजी, बस करो,” एक बाबू हाथ जोड़कर बोला, “हम लोगों पर रहम खाओ, और अपनी यह सन्तबानी बन्द करो। बताओ तुम्हारा नाम क्या है, तुम्हारा केस क्या है...?”

“मेरा नाम है बारह सौ छब्बीस बटा सात! मेरे माँ-बाप का दिया हुआ नाम खा लिया कुत्तों ने। अब यही नाम है जो तुम्हारे दफ़्तर का दिया हुआ है। मैं बारह सौ छब्बीस बटा सात हूँ। मेरा और कोई नाम नहीं है। मेरा यह नाम याद कर लो। अपनी डायरी में लिख लो। वाहगुरु का कुत्ता—बारह सौ छब्बीस बटा सात।”

“बाबाजी, आज जाओ, कल या परसों आ जाना। तुम्हारी अर्ज़ी की कार्रवाई तकरीबन-तकरीबन पूरी हो चुकी है...।”

“तकरीबन-तकरीबन पूरी हो चुकी है! और मैं ख़ुद ही तकरीबन-तकरीबन पूरा हो चुका हूँ! अब देखना यह है कि पहले कार्रवाई पूरी होती है, कि पहले मैं पूरा होता हूँ! एक तरफ़ सरकार का हुनर है और दूसरी तरफ़ परमात्मा का हुनर है! तुम्हारा तकरीबन-तकरीबन अभी दफ़्तर में ही रहेगा और मेरा तकरीबन-तकरीबन कफ़न में पहुँच जाएगा। सालों ने सारी पढ़ाई ख़र्च करके दो लफ़्ज ईज़ाद किए हैं—शायद और तकरीबन। ‘शायद आपके काग़ज़ ऊपर चले गए हैं—‘तकरीबन-तकरीबन कार्रवाई पूरी हो चुकी है’! शायद से निकालो और तकरीबन में डाल दो! तकरीबन से निकालो और शायद में गर्क कर दो। तकरीबन तीन-चार महीने में तहक़ीक़ात होगी।...शायद महीने-दो महीने में रिपोर्ट आएगी।’ मैं आज शायद और तकरीबन दोनों घर पर छोड़ आया हूँ। मैं यहाँ बैठा हूँ और यहीं बैठा रहूँगा। मेरा काम होना है, तो आज ही होगा और अभी होगा। तुम्हारे शायद और तकरीबन के ग्राहक ये सब खड़े हैं। यह ठगी इनसे करो...।”

बाबू लोग अपनी सद्भावना के प्रभाव से निराश होकर एक-एक करके अन्दर लौटने लगे।

“बैठा है, बैठा रहने दो।”

“बकता है, बकने दो।”

“साला बदमाशी से काम निकालना चाहता है।”

“लेट हिम बार्क हिमसेल्फ टु डेथ।”

बाबुओं के साथ चपरासी भी बड़बड़ाता हुआ अपने स्टूल पर लौट गया। ''मैं साले के दाँत तोड़ देता। अब बाबू लोग हाक़िम हैं और हाक़िमों का कहा मानना पड़ता है, वरना...''

''अरे बाबा, शान्ति से काम ले। यहाँ मिन्नत चलती है। पैसा चलता है। धौंस नहीं चलती,'' भीड़ में से कोई उसे समझाने लगा।

वह आदमी उठकर खड़ा हो गया।

''मगर परमात्मा का हुक्म हर जगह चलता है,'' वह अपनी कमीज़ उतारता हुआ बोला, ''और परमात्मा के हुक्म से आज बेताज बादशाह नंगा होकर कमिशनर साहब के कमरे में जाएगा। आज वह नंगी पीठ पर साहब के डंडे खाएगा। आज वह बूटों की ठोकरें खाकर प्राण देगा। लेकिन वह किसी की मिन्नत नहीं करेगा। किसी को पैसा नहीं चढ़ाएगा। किसी की पूजा नहीं करेगा। जो वाहेगुरु की पूजा करता है, वह और किसी की पूजा नहीं कर सकता। तो वाहेगुरु का नाम लेकर...''

और इससे पहले कि वह अपने कहे को किए में परिणत करता, दो-एक आदमियों ने बढ़कर तहमद की गाँठ पर रखे उसके हाथ को पकड़ लिया। बेताज बादशाह अपना हाथ छुड़ाने के लिए संघर्ष करने लगा।

''मुझे जाकर पूछने दो कि क्या महात्मा गाँधी ने इसीलिए इन्हें आज़ादी दिलाई थी कि ये आज़ादी के साथ इस तरह सम्भोग करें? उसकी मिट्टी ख़राब करें? उसके नाम पर कलंक लगाएँ? उसे टके-टके की फ़ाइलों में बाँधकर ज़लील करें? लोगों के दिलों में उसके लिए नफ़रत पैदा करें? इनसान के तन पर कपड़े देखकर बात इन लोगों की समझ में नहीं आती। शरम तो उसे होती है जो इनसान हो। मैं तो आप कहता हूँ कि मैं इनसान नहीं, कुत्ता हूँ...!''

सहसा भीड़ में एक दहशत-सी फैल गयी। कमिशनर साहब अपने कमरे से बाहर निकल आए थे। वे माथे की त्योरियों और चेहरे की झुर्रियों को गहरा किए भीड़ के बीच में आ गए।

''क्या बात है? क्या चाहते हो तुम?''

''आपसे मिलना चाहता हूँ, साहब,'' वह आदमी साहब को घूरता हुआ बोला, ''सौ मरले का एक गड्ढा मेरे नाम एलाट हुआ है। वह गड्ढा आपको वापस करना चाहता हूँ ताकि सरकार उसमें एक तालाब बनवा दे, और अक़्सर लोग शाम को वहाँ जाकर मछलियाँ मारा करें। या उस गड्ढे में सरकार एक तहख़ाना बनवा दे और मेरे जैसे कुत्तों को उसमें बन्द कर दे...।''

''ज़्यादा बक-बक मत करो और अपना केस लेकर मेरे पास आओ।''

''मेरा केस मेरे पास नहीं है, साहब! दो साल से सरकार के पास है—आपके पास है। मेरे पास अपना शरीर और दो कपड़े हैं। चार दिन बाद ये भी नहीं रहेंगे, इसलिए इन्हें भी आज ही उतार दे रहा हूँ। इसके बाद बाकी सिर्फ बारह सौ छब्बीस बटा सात रह जाएगा। बारह सौ छब्बीस बटा सात को मार-मारकर परमात्मा के हुज़ूर में भेज दिया जाएगा... ।''

''यह बकवास बन्द करो ओर मेरे साथ अन्दर आओ।''

और कमिश्नर साहब अपने कमरे में वापस चले गए। वह आदमी भी कमीज़ कन्धे पर रखे उस कमरे की तरफ़ चल दिया।

''दो साल चक्कर लगाता रहा, किसी ने बात नहीं सुनी। खुशामदें करता रहा, किसी ने बात नहीं सुनी। वास्ते देता रहा, किसी ने बात नहीं सुनी... ।''

चपरासी ने उसके लिए चिक उठा दी और वह कमिश्नर साहब के कमरे में दाख़िल हो गया। घंटी बजी, फ़ाइलें हिलीं, बाबुओं की बुलाहट हुई, और आधे घंटे के बाद बेताज बादशाह मुस्कराता हुआ बाहर निकल आया। उत्सुक आँखों की भीड़ ने उसे आते देखा, तो वह फिर बोलने लगा, ''चूहों की तरह बिटर-बिटर देखने से कुछ नहीं होता। भौंको, भौंको, सबके-सब भौंको। अपने-आप सालों के कान फट जाएँगे। भौंको कुत्तो, भौंको...''

उसकी भौजाई दोनों बच्चों के साथ गेट के पास खड़ी इन्तज़ार कर रही थी। लड़के और लड़की के कन्धों पर हाथ रखते हुए वह सचमुच बादशाह की तरह सड़क पर चलने लगा।

''हयादार हो, तो सालहों-साल मुँह लटकाए खड़े रहो। अर्ज़ियाँ टाइप कराओ और नल का पानी पियो। सरकार वक़्त ले रही है! नहीं तो बेहया बनो। बेटयाई हज़ार बरकत है।''

वह सहसा रुका और ज़ोर से हँसा।

''यारो, बेहयाई हज़ार बरकत है।''

उसके चले जाने के बाद कम्पाउंड में और आस-पास मातमी वातावरण पहले से और गहरा हो गया। भीड़ धीरे-धीरे बिखरकर अपनी जगहों पर चली गयी। चपरासी की टाँगें फिर स्टूल पर झूलने लगीं। सामने के कैंटीन का लड़का बाबुओं के कमरे में एक सेट चाय ले गया। अर्ज़िनवीस की मशीन चलने लगी और टिक-टिक की आवाज़ के साथ उसका लड़का फिर अपना सबक दोहराने लगा। ''पी ई एन पेन—पेन माने कलम एच ई एन हेन—हेन माने मुर्गी डी ई ऐन डेन—डेन माने अँधेरी गुफा...!''

अपरिचित

कोहरे की वजह से खिड़कियों के शीशे धुँधले पड़ गए थे। गाड़ी चालीस की रफ़्तार से सुनसान अँधेरे को चीरती चली जा रही थी। खिड़की से सिर सटाकर भी बाहर कुछ दिखाई नहीं देता। फिर भी मैं देखने की कोशिश कर रहा था। कभी किसी पेड़ की हल्की-गहरी रेखा ही गुज़रती नज़र आ जाती तो कुछ देख लेने का सन्तोष होता। मन को उलझाए रखने के लिए इतना ही काफ़ी था। आँखों में ज़रा नींद नहीं थी। गाड़ी को जाने कितनी देर बाद कहीं जाकर रुकना था। जब और कुछ दिखाई न देता, तो अपना प्रतिबिम्ब तो कम से कम देखा ही जा सकता था। अपने प्रतिबिम्ब के अलावा और भी कई प्रतिबिम्ब थे। ऊपर की बर्थ पर सोये व्यक्ति का प्रतिबिम्ब अजब बेबसी के साथ हिल रहा था। सामने की बर्थ पर बैठी स्त्री का प्रतिबिम्ब बहुत उदास था। उसकी भारी पलकें पल-भर के लिए ऊपर उठतीं, फिर झुक जातीं। आकृतियों के अलावा कई बार नई-नई आवाज़ें ध्यान बँटा देतीं, जिनसे पता चलता कि गाड़ी पुल पर से जा रही है या मकानों की कतार के पास से गुज़र रही है। बीच में सहसा इंजन की चीख़ सुनाई दे जाती, जिससे अँधेरा और एकान्त और गहरे महसूस होने लगते।

मैंने घड़ी में वक़्त देखा। सवा ग्यारह बजे थे। सामने बैठी स्त्री की आँखें बहुत सुनसान थीं। बीच-बीच में उनमें एक लहर-सी उठती और विलीन हो जाती। वह जैसे आँखों से देख नहीं रही थी, सोच रही थी। उसकी बच्ची, जिसे फर के कम्बलों में लपेटकर सुलाया गया था, ज़रा-ज़रा कुनमुनाने लगी। उसकी गुलाबी टोपी सिर से उतर गयी थी। उसने दो-एक बार पैर पटके, अपनी बँधी हुई मुट्ठियाँ ऊपर उठाई और रोने लगी। स्त्री की सुनसान आँखें सहसा उमड़ आयीं। उसने बच्ची के सिर पर टोपी ठीक कर दी और उसे कम्बलों समेत उठाकर छाती से लगा लिया।

मगर इससे बच्ची का रोना बन्द नहीं हुआ। उसने उसे हिलाकर और दुलारकर

चुप कराना चाहा, मगर वह फिर भी रोती रही। इस पर उसने कम्बल थोड़ा हटाकर बच्ची के मुँह में दूध दे दिया और उसे अच्छी तरह अपने साथ सटा लिया।

मैं फिर खिड़की से सिर सटाकर बाहर देखने लगा। दूर बत्तियों की एक कतार नज़र आ रही थी। शायद कोई आबादी थी, या सिर्फ सड़क ही थी। गाड़ी तेज़ रफ़्तार से चल रही थी और इंजन बहुत पास होने से कोहरे के साथ धुआँ भी खिड़की के शीशों पर जमता जा रहा था। आबादी या सड़क, जो भी वह थी, अब धीरे-धीरे पीछे जा रही थी। शीशे में दिखाई देते प्रतिबिम्ब पहले से गहरे हो गए थे। स्त्री की आँखें मुँद गयी थीं और ऊपर लेटे व्यक्ति की बाँह ज़ोर-ज़ोर से हिल रही थी। शीशे पर मेरी साँस के फैलने से प्रतिबिम्ब और धुँधले हो गए थे। यहाँ तक कि धीरे-धीरे सब प्रतिबिम्ब अदृश्य हो गए। मैंने तब जेब से रूमाल निकालकर शीशे को अच्छी तरह पोंछ दिया।

स्त्री ने आँखें खोल ली थीं और एकटक सामने देख रही थी। उसके होंठों पर हल्की-सी रेखा फैली थी जो ठीक मुस्कराहट नहीं थी। मुस्कराहट से बहुत कम व्यक्त उस रेखा में कहीं गम्भीरता भी थी और अवसाद भी—जैसे वह अनायास उभर आयी किसी स्मृति की रेखा थी। उसके माथे पर हल्की-सी सिकुड़न पड़ गयी थी।

बच्ची जल्दी ही दूध से हट गयी। उसने सिर उठाकर अपना बिना दाँत का मुँह खोल दिया और किलकारी भरती हुई माँ की छाती पर मुट्ठियों से चोट करने लगी। दूसरी तरफ़ से आती एक गाड़ी तेज़ रफ़्तार में पास से गुज़री तो वह ज़रा सहम गयी, मगर गाड़ी के निकलते ही और भी मुँह खोलकर किलकारी भरने लगी। बच्ची का चेहरा गदराया हुआ था और उसकी टोपी के नीचे से भूरे रंग के हल्के-हल्के बाल नज़र आ रहे थे। उसकी नाक ज़रा छोटी थी, पर आँखें माँ की ही तरह गहरी और फैली हुई थीं। माँ के गाल और कपड़े नोचकर उसकी आँखें मेरी तरफ घूम गयीं और वह बाँहें हवा में पटकती हुई मुझे अपनी किलकारियों का निशाना बनाने लगी।

स्त्री की पलकें उठीं और उसकी उदास आँखें क्षण-भर मेरी आँखों से मिली रहीं। मुझे उस क्षण-भर के लिए लगा कि मैं एक ऐसे क्षितिज को देख रहा हूँ जिसमें गहरी साँझ के सभी हल्के-गहरे रंग झिलमिला रहे हैं और जिसका दृश्यपट क्षण के हर सौवें हिस्से में बदलता जा रहा है...।

बच्ची मेरी तरफ़ देखकर बहुत हाथ पटक रही थी, इसलिए मैंने अपने हाथ उसकी तरफ़ बढ़ा दिए और कहा, ''आ बेटे, आ...।''

मेरे हाथ पास आ जाने से बच्ची के हाथों का हिलना बन्द हो गया और उसके होंठ रुआँसे हो गए।

स्त्री ने बच्ची के होंठों को अपने होंठों से छुआ और कहा, ‘‘जा बिट्टू, जाएगी उनके पास?’’

लेकिन बिट्टू के होंठ और रुआँसे हो गए और वह माँ के साथ सट गयी।

‘‘ग़ैर आदमी से डरती है,’’ मैंने मुस्कराकर कहा और हाथ हटा लिए।

स्त्री के होंठ भिंच गए और माथे की खाल में थोड़ा खिंचाव आ गया। उसकी आँखें जैसे अतीत में चली गयीं। फिर सहसा वहाँ से लौट आयीं और वह बोली, ‘‘नहीं, डरती नहीं। इसे दरअसल आदत नहीं है। यह आज तक या तो मेरे हाथों में रही है या नौकरानी के...,’’ और वह उसके सिर पर झुक गयी। बच्ची उसके साथ सटकर आँखें झपकने लगी। महिला उसे हिलाती हुई थपकियाँ देने लगी। बच्ची ने आँखें मूँद लीं। महिला उसकी तरफ़ देखती हुई जैसे चूमने के लिए होंठ बढ़ाए उसे थपकियाँ देती रही। फिर एकाएक उसने झुककर उसे चूम लिया।

‘‘बहुत अच्छी है हमारी बिट्टू, झट-से सो जाती है,’’ यह उसने जैसे अपने से कहा और मेरी तरफ़ देखा। उसकी आँखों में एक उदास-सा उत्साह भर रहा था।

‘‘कितनी बड़ी है यह बच्ची?’’ मैंने पूछा।

‘‘दस दिन बाद पूरे चार महीने की हो जाएगी,’’ वह बोली, ‘‘पर देखने में अभी उससे छोटी लगती है। नहीं?’’

मैंने आँखों से उसकी बात का समर्थन किया। उसके चेहरे में एक अपनी ही सहजता थी—मैंने सोई हुई बच्ची के गाल को ज़रा-सा सहला दिया। स्त्री का चेहरा और भावपूर्ण हो गया।

‘‘लगता है आपको बच्चों से बहुत प्यार है,’’ वह बोली, ‘‘आपके कितने बच्चे हैं?’’

मेरी आँखें उसके चेहरे से हट गयीं। बिजली की बत्ती के पास एक कीड़ा उड़ रहा था।

‘‘मेरे?’’ मैंने मुस्कराने की कोशिश करते हुए कहा, ‘‘अभी तो कोई नहीं है, मगर...।’’

‘‘मतलब ब्याह हुआ है, अभी बच्चे-वच्चे नहीं हुए,’’ वह मुस्कराई, ‘‘आप मर्द लोग तो बच्चों से बचे ही रहना चाहते हैं न?’’

मैंने होंठ सिकोड़ लिए और कहा, ''नहीं, यह बात नहीं...।''

''हमारे ये तो बच्ची को छूते भी नहीं,'' वह बोली, ''कभी दो मिनट के लिए भी उठाना पड़ जाए तो झल्लाने लगते हैं। अब तो ख़ैर वे इस मुसीबत से छूटकर बाहर ही चले गए हैं।'' और सहसा उसकी आँखें छलछला आयीं। रुलाई की वजह से उसके होंठ बिलकुल उस बच्ची जैसे हो गए थे। फिर सहसा उसके होंठों पर मुस्कराहट लौट आयी—जैसा अक्सर सोए हुए बच्चों के साथ होता है। उसने आँखें झपककर अपने को सहेज लिया और बोली, ''वे डॉक्टरेट के लिए इंग्लैंड गए हैं। मैं उन्हें बम्बई में जहाज़ पर चढ़ाकर आ रही हूँ।...वैसे छह-आठ महीने की ही बात है। फिर मैं भी उनके पास चली जाऊँगी।''

फिर उसने ऐसी नज़र से मुझे देखा जैसे उसे शिकायत हो कि मैंने उसकी इतनी व्यक्तिगत बात उससे क्यों जान ली!

''आप बाद में अकेली जाएँगी?'' मैंने पूछा, ''इससे तो आप अभी साथ चली जातीं...।''

उसके होंठ सिकुड़ गए और आँखें फिर अन्तर्मुख हो गयीं। वह कई पल अपने में डूबी रही और उसी भाव से बोली, ''साथ तो नहीं जा सकती थी क्योंकि अकेले उनके जाने की भी सुविधा नहीं थी। लेकिन उनको मैंने किसी तरह भेज दिया है। चाहती थी कि उनकी कोई तो चाह मुझसे पूरी हो जाए।...दीशी की बाहर जाने की बहुत इच्छा थी।...अब छह-आठ महीने मैं अपनी तनख़्वाह में से कुछ पैसा बचाऊँगी और थोड़ा-बहुत कहीं से उधार लेकर अपने जाने का इन्तज़ाम करूँगी।''

उसने सोच में डूबती-उतराती अपनी आँखों को सहसा सचेत कर लिया और फिर कुछ क्षण शिकायत की नज़र से मुझे देखती रही। फिर बोली, ''अभी बिट्टू भी बहुत छोटी है न? छह-आठ महीने में यह बड़ी हो जाएगी और मैं भी तब तक थोड़ा और पढ़ लूँगी। दीशी की बहुत इच्छा है कि मैं एम.ए. कर लूँ। मगर मैं ऐसी जड़ और नाकारा हूँ कि उनकी कोई भी चाह पूरी नहीं कर पाती। इसीलिए इस बार उन्हें भेजने के लिए मैंने अपने सब गहने बेच दिए हैं। अब मेरे पास बस मेरी बिट्टू है, और कुछ नहीं।'' और वह बच्ची के सिर पर हाथ फेरती हुई, भरी-भरी नज़र से उसे देखती रही।

बाहर वही सुनसान अँधेरा था, वही लगातार सुनाई देती इंजन की फक्-फक्। शीशे से आँख गड़ा लेने पर भी दूर तक वीरानगी ही वीरानगी नज़र आती थी।

मगर उस स्त्री की आँखों में जैसे दुनिया-भर की वत्सलता सिमट आयी

थी। वह फिर कई क्षण अपने में डूबी रही। फिर उसने एक उसाँस ली और बच्ची को अच्छी तरह कम्बलों में लपेटकर सीट पर लिटा दिया।

ऊपर की बर्थ पर लेटा हुआ आदमी खरटि भर रहा था। एक बार करवट बदलते हुए वह नीचे गिरने को हुआ, पर सहसा हड़बड़ाकर सँभल गया। फिर कुछ ही देर में वह और ज़ोर से खरटि भरने लगा।

"लोगों को जाने सफ़र में कैसे इतनी गहरी नींद आ जाती है!" वह स्त्री बोली, "मुझे दो-दो रातें सफ़र करना हो, तो भी मैं एक पल नहीं सो पाती। अपनी-अपनी आदत होती है!"

"हाँ, आदत की ही बात है," मैंने कहा, "कुछ लोग बहुत निश्चिन्त होकर जीते हैं और कुछ होते हैं कि...।"

"बग़ैर चिन्ता के जी ही नहीं सकते!" और वह हँस दी। उसकी हँसी का स्वर भी बच्चों जैसा ही था। उसके दाँत बहुत छोटे-छोटे और चमकीले थे। मैंने भी उसकी हँसी में साथ दिया।

"मेरी बहुत ख़राब आदत है," वह बोली, "मैं बात-बेबात के सोचती रहती हूँ। कभी-कभी तो मुझे लगता है कि मैं सोच-सोचकर पागल हो जाऊँगी। ये मुझसे कहते हैं कि मुझे लोगों से मिलना-जुलना चाहिए, खुलकर हँसना, बात करना चाहिए, मगर इनके सामने मैं ऐसे गुमसुम हो जाती हूँ कि क्या कहूँ? वैसे और लोगों से भी मैं ज़्यादा बात नहीं करती लेकिन इनके सामने तो चुप्पी ऐसी छा जाती है जैसे मुँह में ज़बान हो ही नहीं...अब देखिए न, इस वक़्त कैसे लतर-लतर बात कर रही हूँ!" और वह मुस्कराई। उसके चेहरे पर हल्की-सी संकोच की रेखा आ गयी।

"रास्ता काटने के लिए बात करना ज़रूरी हो जाता है," मैंने कहा, "ख़ासतौर से जब नींद न आ रही हो।"

उसकी आँखें पल-भर फैली रहीं। फिर वह गरदन ज़रा झुकाकर बोली, "ये कहते हैं कि जिसके मुँह में ज़बान ही न हो, उसके साथ पूरी ज़िन्दगी कैसे काटी जा सकती है? ऐसे इनसान में और एक पालतू जानवर में क्या फ़र्क़ है? मैं हज़ार चाहती हूँ कि इन्हें खुश दिखाई दूँ और इनके सामने कोई न कोई बात करती रहूँ, लेकिन मेरी सारी कोशिशें बेकार चली जाती हैं। इन्हें फिर गुस्सा आ जाता है और मैं रो देती हूँ। इन्हें मेरा रोना बहुत बुरा लगता है।" कहते हुए उसकी आँखों में आँसू छलक आए, जिन्हें उसने अपनी साड़ी के पल्ले से पोंछ लिया।

"मैं बहुत पागल हूँ," वह फिर बोली, "ये जितना मुझे टोकते हैं, मैं उतना

ही ज़्यादा रोती हूँ। दरअसल ये मुझे समझ नहीं पाते। मुझे बात करना अच्छा नहीं लगता, फिर जाने क्यों ये मुझे बात करने के लिए मजबूर करते हैं?'' और फिर माथे को हाथ से दबाए हुए बोली, ''आप भी अपनी पत्नी से जबर्दस्ती बात करने के लिए कहते हैं?''

मैंने पीछे टेक लगाकर कन्धे सिकोड़ लिए और हाथ बगलों में दबाए बत्ती के पास उड़ते कीड़े को देखने लगा। फिर सिर को ज़रा-सा झटककर मैंने उसकी तरफ़ देखा। वह उत्सुक नज़र से मेरी तरफ़ देख रही थी।

''मैं?'' मैंने मुस्कराने की चेष्टा करते हुए कहा, ''मुझे यह कहने का कभी मौका ही नहीं मिल पाता। मैं बल्कि पाँच साल से यह चाह रहा हूँ कि वह ज़रा कम बात किया करे। मैं समझता हूँ कि कई बार इनसान चुप रहकर ज़्यादा बात कह सकता है। ज़बान की कही बात में वह रस नहीं होता जो आँख की चमक से या होंठों के कम्पन से या माथे की एक लकीर से कही गयी बात में होता है। मैं जब उसे यह समझाना चाहता हूँ, तो वह मुझे विस्तारपूर्वक बतला देती है कि ज़्यादा बात करना इनसान की निश्छलता का प्रमाण है और मैं इतने सालों में अपने प्रति उसकी भावना को समझ ही नहीं सका! वह दरअसल कॉलेज में लेक्चरर है और अपनी आदत की वजह से घर में भी लेक्चर देती रहती है।''

''ओह!'' वह थोड़ी देर दोनों हाथों में अपना मुँह छिपाए रही। फिर बोली, ''ऐसा क्यों होता है, यह मेरी समझ में नहीं आता। मुझे दीशी से यही शिकायत है कि वे मेरी बात नहीं समझ पाते। मैं कई बार उनके बालों में अपनी उँगलियाँ उलझाकर उनसे बात करना चाहती हूँ, कई बार उनके घुटनों पर सिर रखकर मुँदी आँखों से कितना कुछ कहना चाहती हूँ। लेकिन उन्हें यह सब अच्छा नहीं लगता। वे कहते हैं कि यह सब गुड़ियों का खेल है, उनकी पत्नी को जीता-जागता इनसान होना चाहिए। और मैं इनसान बनने की बहुत कोशिश करती हूँ, लेकिन नहीं बन पाती, कभी नहीं बन पाती। इन्हें मेरी कोई आदत अच्छी नहीं लगती। मेरा मन होता है कि चाँदनी रात में खेतों में घूमूँ या नदी में पैर डालकर घंटों बैठी रहूँ, मगर ये कहते हैं कि ये सब आइडल मन की वृत्तियाँ हैं। इन्हें क्लब, संगीत-सभाएँ और डिनर-पार्टियाँ अच्छी लगती हैं। मैं इनके साथ वहाँ जाती हूँ तो मेरा दम घुटने लगता है। मुझे वहाँ ज़रा अपनापन महसूस नहीं होता। ये कहते हैं कि तू पिछले जन्म में मेंढकी थी जो तुझे क्लब में बैठने की बजाय खेतों में मेंढकों की आवाज़ें सुनना ज़्यादा अच्छा लगता है। मैं कहती हूँ कि मैं इस जन्म में भी मेंढकी हूँ। मुझे बरसात में भीगना बहुत अच्छा लगता है। और

भीगकर मेरा मन कुछ न कुछ गुनगुनाने को कहने लगता है—हालाँकि मुझे गाना नहीं आता। मुझे क्लब में सिगरेट के धुएँ में घुटकर बैठे रहना नहीं अच्छा लगता। वहाँ मेरे प्राण गले को आने लगते हैं।''

उस थोड़े-से समय में ही मुझे उसके चेहरे का उतार-चढ़ाव काफ़ी परिचित लगने लगा था। उसकी बात सुनते हुए मेरे मन पर हल्की उदासी छाने लगी थी, हालाँकि मैं जानता था कि वह कोई भी बात मुझसे नहीं कह रही—वह अपने से बात करना चाहती है और मेरी मौजूदगी उसके लिए सिर्फ एक बहाना है। मेरी उदासी भी उसके लिए न होकर अपने लिए थी, क्योंकि बात उससे करते हुए भी मुख्य रूप से मैं सोच अपने विषय में रहा था। मैं पाँच साल से मंज़िल दर मंज़िल विवाहित जीवन से गुजरता आ रहा था—रोज़ यही सोचते हुए कि शायद आनेवाला कल ज़िन्दगी के इस ढाँचे को बदल देगा। सतह पर हर चीज़ ठीक थी, कहीं कुछ ग़लत नहीं था, मगर सतह से नीचे जीवन कितनी-कितनी उलझनों और गाँठों से भरा था! मैंने विवाह के पहले दिनों में ही जान लिया था कि नलिनी मुझसे विवाह करके सुखी नहीं हो सकी, क्योंकि मैं उसकी कोई भी महत्त्वाकांक्षा पूरी करने में सहायक नहीं हो सकता। वह एक भरा-पूरा घर चाहती थी, जिसमें उसका शासन हो और ऐसा सामाजिक जीवन जिसमें उसे महत्त्व का दर्जा प्राप्त हो। वह अपने से स्वतन्त्र अपने पति के मानसिक जीवन की कल्पना नहीं करती थी। उसे मेरी भटकने की वृत्ति और साधारण का मोह मानसिक विकृतियाँ लगती थीं जिन्हें वह अपने अधिक स्वस्थ जीवन-दर्शन से दूर करना चाहती थी। उसने इस विश्वास के साथ जीवन आरम्भ किया था कि वह मेरी त्रुटियों की क्षतिपूर्ति करती हुई बहुत शीघ्र मुझे सामाजिक दृष्टि से सफल व्यक्ति बनने की दिशा में ले जाएगी। उसकी दृष्टि में यह मेरे संस्कारों का दोष था जो मैं इतना अन्तर्मुख रहता था और इधर-उधर मिल-जुलकर आगे बढ़ने का प्रयत्न नहीं करता था। वह इस परिस्थिति को सुधारना चाहती थी, पर परिस्थिति सुधरने की जगह बिगड़ती गयी थी। वह जो कुछ चाहती थी, वह मैं नहीं कर पाता था और जो कुछ मैं चाहता था, वह उससे नहीं होता था। इससे हममें अक्सर चख-चख् होने लगती थी और कई बार दीवारों से सिर टकराने की नौबत आ जाती थी। मगर यह सब हो चुकने पर नलिनी बहुत जल्दी स्वस्थ हो जाती थी और उसे फिर मुझसे यह शिकायत होती थी कि मैं दो-दो दिन अपने को उन साधारण घटनाओं के प्रभाव से मुक्त क्यों नहीं कर पाता। मगर मैं दो-दो दिन क्या, कभी उन घटनाओं के प्रभाव से मुक्त नहीं हो पाता था, और रात को जब वह सो

जाती थी, तो घंटों तकिये में मुँह छिपाए कराहता रहता था। नलिनी आपसी झगड़े को उतना अस्वाभाविक नहीं समझती थी, जितना मेरे रात-भर जागने को। और उसके लिए मुझे नर्व टॉनिक लेने की सलाह दिया करती थी। विवाह के पहले दो वर्ष इसी तरह बीते थे और उसके बाद हम अलग-अलग जगह काम करने लगे थे। हालाँकि समस्या ज्यों की त्यों बनी थी, और जब भी हम इकट्ठे होते, वही पुरानी ज़िन्दगी लौट आती थी, फिर भी नलिनी का यह विश्वास अभी तक कम नहीं हुआ था कि कभी न कभी मेरे सामाजिक संस्कारों का उदय होगा और तब हम साथ रहकर सुखी विवाहित जीवन व्यतीत कर सकेंगे।

''आप कुछ सोच रहे हैं?'' उस स्त्री ने अपनी बच्ची के सिर पर हाथ फेरते हुए पूछा।

मैंने सहसा अपने को सहेजा और कहा, ''हाँ, मैं आप ही की बात को लेकर सोच रहा था। कुछ लोग होते हैं, जिनसे दिखावटी शिष्टाचार आसानी से नहीं ओढ़ा जाता। आप भी शायद उन्हीं लोगों में से हैं।''

''मैं नहीं जानती,'' वह बोली, ''मगर इतना जानती हूँ कि मैं बहुत-से परिचित लोगों के बीच अपने को अपरिचित, बेगाना और अनमेल अनुभव करती हूँ। मुझे लगता है कि मुझमें ही कुछ कमी है। मैं इतनी बड़ी होकर भी वह कुछ नहीं जान-समझ पायी, जो लोग छुटपन में ही सीख जाते हैं। दीशी का कहना है कि मैं सामाजिक दृष्टि से बिलकुल मिसफ़िट हूँ।''

''आप भी यही समझती हैं?'' मैंने पूछा।

''कभी समझती हूँ, कभी नहीं भी समझती,'' वह बोली, ''एक ख़ास तरह के समाज में मैं ज़रूर अपने को मिसफ़िट अनुभव करती हूँ। मगर...कुछ ऐरो लोग भी हैं जिनके बीच जाकर मुझे बहुत अच्छा लगता है। ब्याह से पहले मैं दो-एक बार कॉलेज की पार्टियों के साथ पहाड़ों पर घूमने के लिए गयी थी। वहाँ सब लोगों को मुझसे यही शिकायत होती थी कि मैं जहाँ बैठ जाती हूँ, वहीं की हो रहती हूँ। मुझे पहाड़ी बच्चे बहुत अच्छे लगते हैं। मैं उनके घर के लोगों से भी बहुत जल्दी दोस्ती कर लेती थी। एक पहाड़ी परिवार की मुझे आज तक याद है। उस परिवार के बच्चे मुझसे इतना घुल-मिल गए थे कि मैं बड़ी मुश्किल से उन्हें छोड़कर उनके यहाँ से चल पायी थी। मैं कुल दो घंटे उन लोगों के पास रही थी। दो घंटे में मैंने उन्हें नहलाया-धुलाया भी, और उनके साथ खेलती भी रही। बहुत ही अच्छे बच्चे थे वे। हाय, उनके चेहरे इतने लाल थे कि क्या कहूँ! मैंने उनकी माँ से कहा कि वह अपने छोटे लड़के किशन को मेरे साथ भेज दे।

वह हँसकर बोली कि तुम सभी को ले जाओ, यहाँ कौन इनके लिए मोती रखे हैं! यहाँ तो दो साल में इनकी हड्डियाँ निकल आएँगी, वहाँ खा-पीकर अच्छे तो रहेंगे। मुझे उसकी बात सुनकर रुलाई आने को हुई।...मैं अकेली होती, तो शायद कई दिनों के लिए उन लोगों के पास रह जाती। ऐसे लोगों में जाकर मुझे बहुत अच्छा लगता है।...अब तो आपको भी लग रहा होगा कि कितनी अजीब हूँ मैं! ये कहा करते हैं कि मुझे किसी अच्छे मनोविद् से अपना विश्लेषण कराना चाहिए, नहीं तो किसी दिन मैं पागल होकर पहाड़ों पर भटकती फिरूँगी!"

''यह तो अपनी-अपनी बनावट की बात है,'' मैंने कहा, ''मुझे खुद आदिम संस्कारों के लोगों के बीच रहना बहुत अच्छा लगता है। मैं आज तक एक जगह घर बनाकर नहीं रह सका और न ही आशा है कि कभी रह सकूँगा। मुझे अपनी ज़िन्दगी की जो रात सबसे ज़्यादा याद आती है, वह रात मैंने पहाड़ी गूजरों की एक बस्ती में बिताई थी। उस रात उस बस्ती में एक ब्याह था, इसलिए सारी रात वे लोग शराब पीते और नाचते-गाते रहे। मुझे बहुत हैरानी हुई जब मुझे बताया गया कि वही गूजर दस-दस रुपये के लिए आदमी का खून भी कर देते हैं!''

''आपको सचमुच इस तरह की ज़िन्दगी अच्छी लगती है?'' उसने कुछ आश्चर्य और अविश्वास के साथ पूछा।

''आपको शायद खुशी हो रही है कि पागल होने की उम्मीदवार आप अकेली ही नहीं हैं,'' मैंने मुस्कराकर कहा। वह भी मुस्कराई। उसकी आँखें सहसा भावनापूर्ण हो उठीं। उस एक क्षण में मुझे उन आँखों में न जाने कितना-कुछ दिखाई दिया—करुणा, क्षोभ, ममता, आर्द्रता, ग्लानि, भय, असमंजस और स्नेह! उसके होंठ कुछ कहने के लिए काँपे, लेकिन काँपकर ही रह गए। मैं भी चुपचाप उसे देखता रहा। कुछ क्षणों के लिए मुझे महसूस हुआ कि मेरा दिमाग़ बिलकुल खाली है और मुझे पता नहीं कि मैं क्या कर रहा हूँ और आगे क्या कहना चाहता था। सहसा उसकी आँखों में फिर वही सूनापन भरने लगा और क्षण-भर में ही वह इतना बढ़ गया कि मैंने उसकी तरफ़ से आँखें हटा लीं।

बत्ती के पास उड़ता कीड़ा उसके साथ सटकर झुलस गया था।

बच्ची नींद में मुस्करा रही थी।

खिड़की के शीशे पर इतनी धुँध जम गयी थी कि उसमें अपना चेहरा भी दिखाई नहीं देता था।

गाड़ी की रफ़्तार धीमी हो रही थी। कोई स्टेशन आ रहा था। दो-एक बत्तियाँ

तेज़ी से निकल गयीं। मैंने खिड़की का शीशा उठा दिया। बाहर से आती बर्फानी हवा के स्पर्श ने स्नायुओं को थोड़ा सचेत कर दिया। गाड़ी एक बहुत नीचे प्लेटफार्म के पास आकर खड़ी हो रही थी।

''यहाँ कहीं थोड़ा पानी मिल जाएगा?''

मैंने चौंककर देखा कि वह अपनी टोकरी में से काँच का गिलास निकालकर अनिश्चित भाव से हाथ में लिए है। उसके चेहरे की रेखाएँ पहले से गहरी हो गयी थीं।

''पानी आपको पीने के लिए चाहिए?'' मैंने पूछा।

''हाँ। कुल्ला करूँगी और पीऊँगी भी। न जाने क्यों होंठ कुछ चिपक-से रहे हैं। बाहर इतनी ठंड है, फिर भी...।''

''देखता हूँ, अगर यहाँ कोई नल-वल हो, तो...।''

मैंने गिलास उसके हाथ से ले लिया और जल्दी से प्लेटफ़ार्म पर उतर गया। न जाने कैसा मनहूस स्टेशन था कि कहीं भी कोई इनसान नज़र नहीं आ रहा था। प्लेटफार्म पर पहुँचते ही हवा के झोंकों से हाथ-पैर सुन्न होने लगे। मैंने कोट के कॉलर ऊँचे कर लिए। प्लेटफार्म के जंगल के बाहर से फैलकर ऊपर आए दो-एक पेड़ हवा में सरसरा रहे थे। इंजन के भाप छोड़ने से लम्बी शूँ-ऊ की आवाज़ सुनाई दे रही थी। शायद वहाँ गाड़ी सिग्नल न मिलने की वजह से रुक गयी थी।

दूर कई डिब्बे पीछे एक नल दिखाई दिया, तो मैं तेज़ी से उस तरफ़ चल दिया। ईंटों के प्लेटफार्म पर अपने जूते का शब्द मुझे बहुत अजीब-सा लगा। मैंने चलते-चलते गाड़ी की तरफ़ देखा। किसी खिड़की से कोई चेहरा बाहर नहीं झाँक रहा था। मैं नल के पास जाकर गिलास में पानी भरने लगा। तभी हल्की-सी सीटी देकर गाड़ी एक झटके के साथ चल पड़ी। मैं भरा हुआ पानी का गिलास लिए अपने डिब्बे की तरफ़ दौड़ा। दौड़ते हुए मुझे लगा कि मैं उस डिब्बे तक नहीं पहुँच पाऊँगा और सर्दी में उस अँधेरे और सुनसान प्लेटफ़ार्म पर ही मुझे बिना सामान के रात बितानी होगी। यह सोचकर मैं और तेज़ दौड़ने लगा। किसी तरह अपने डिब्बे के बराबर पहुँच गया। दरवाज़ा खुला था और वह दरवाज़े के पास खड़ी थी। उसने हाथ बढ़ाकर गिलास मुझसे ले लिया। फुटबोर्ड पर चढ़ते हुए एक बार मेरा पैर ज़रा-सा फिसला, मगर अगले ही क्षण मैं स्थिर होकर खड़ा हो गया। इंजन तेज़ होने की कोशिश में हल्के-हल्के झटके दे रहा था और ईंटों के प्लेटफ़ार्म की जगह अब नीचे अस्पष्ट गहराई दिखाई देने लगी थी।

''अन्दर आ जाइए,'' उसके ये शब्द सुनकर मुझे एहसास हुआ कि मुझे फुटबोर्ड से आगे भी कहीं जाना है। डिब्बे के अन्दर क़दम रखा, तो मेरे घुटने ज़रा-ज़रा काँप रहे थे।

अपनी जगह पर आकर मैंने टाँगें सीधी करके पीछे टेक लगा ली। कुछ पल बाद आँखें खोलीं तो लगा कि वह इस बीच मुँह धो आयी है। फिर भी उसके चेहरे पर मुर्दनी-सी छा रही थी। मेरे होंठ सूख रहे थे, फिर भी मैं थोड़ा मुस्कराया।

''क्या बात है, आपका चेहरा ऐसा क्यों हो रहा है?'' मैंने पूछा।

''मैं कितनी मनहूस हूँ...,'' कहकर उसने अपना निचला होंठ ज़रा-सा काट लिया।

''क्यों?''

''अभी मेरी वज़ह से आपको कुछ हो जाता...।''

''यह ख़ूब सोचा आपने!''

''नहीं। मैं हूँ ही ऐसी...,'' वह बोली, ''ज़िन्दगी में हर एक को दुःख ही दिया है। अगर कहीं आप न चढ़ पाते...।''

''तो?''

''तो?'' उसने होंठ ज़रा सिकोड़े, ''तो मुझे पता नहीं...पर...।''

उसने ख़ामोश रहकर आँखें झुका लीं। मैंने देखा कि उसकी साँस जल्दी-जल्दी चल रही है। महसूस किया कि वास्तविक संकट की अपेक्षा कल्पना का संकट कितना बड़ा और ख़तरनाक होता है। शीशा उठा रहने से खिड़की से ठंडी हवा आ रही थी। मैंने खींचकर शीशा नीचे कर दिया।

''आप क्यों गए थे पानी लाने के लिए? आपने मना क्यों नहीं कर दिया?'' उसने पूछा।

उसके पूछने के लहज़े से मुझे हँसी आ गयी।

''आप ही ने तो कहा था...।'' मैं बोला।

''मैं तो मूर्ख हूँ, कुछ भी कह देती हूँ। आपको तो सोचना चाहिए था।''

''अच्छा, मैं अपनी ग़लती मान लेता हूँ।''

इससे उसके मुरझाए होंठों पर भी मुस्कराहट आ गयी।

''आप भी कहेंगे, कैसी लड़की है,'' उसने आन्तरिक भाव के साथ कहा। 'सच कहती हूँ, मुझे ज़रा अक्ल नहीं है। इतनी बड़ी हो गयी हूँ, पर अक्ल रत्ती-भर नहीं है–सच!''

मैं फिर हँस दिया।

‘‘आप हँस क्यों रहे हैं?’’ उसके स्वर में फिर शिकायत का स्पर्श आ गया।

‘‘मुझे हँसने की आदत है!’’ मैंने कहा।

‘‘हँसना अच्छी आदत नहीं है।’’

मुझे इस पर फिर हँसी आ गयी।

वह शिकायत-भरी नज़र से मुझे देखती रही।

गाड़ी की रफ़्तार फिर तेज़ हो रही थी। ऊपर की बर्थ पर लेटा आदमी सहसा हड़बड़ाकर उठ बैठा और ज़ोर-ज़ोर से खाँसने लगा। खाँसी का दौरा शान्त होने पर उसने कुछ पल छाती को हाथ में दबाए रखा, फिर भारी आवाज़ में पूछा, ‘‘क्या बजा है?’’

‘‘पौने बारह,’’ मैंने उसकी तरफ़ देखकर उत्तर दिया।

‘‘कुल पौने बारह?’’ उसने निराश स्वर में कहा और फिर लेट गया। कुछ ही देर में वह फिर खर्राटे भरने लगा।

‘‘आप भी थोड़ी देर सो जाइए।’’ वह पीछे टेक लगाए शायद कुछ सोच रही थी या केवल देख रही थी।

‘‘आपको नींद आ रही है, आप सो जाइए,’’ मैंने कहा।

‘‘मैंने आपसे कहा था न, मुझे गाड़ी में नींद नहीं आती। आप सो जाइए।’’

मैंने लेटकर कम्बल ले लिया। मेरी आँखें देर तक ऊपर की बत्ती को देखती रहीं जिसके साथ झुलसा हुआ कीड़ा चिपककर रह गया था।

‘‘रज़ाई भी ले लीजिए, काफी ठंड है,’’ उसने कहा।

‘‘नहीं, अभी ज़रूरत नहीं है। मैं बहुत-से गर्म कपड़े पहने हूँ।’’

‘‘ले लीजिए, नहीं बाद में ठिठुरते रहिएगा।’’

‘‘नहीं, ठिठुरूँगा नहीं,’’ मैंने कम्बल गले तक लपेटते हुए कहा, ‘‘और थोड़ी-थोड़ी ठंड महसूस होती रहे, तो अच्छा लगता है।’’

‘‘बत्ती बुझा दूँ?’’ कुछ देर बाद उसने पूछा।

‘‘नहीं, रहने दीजिए।’’

‘‘नहीं, बुझा देती हूँ। ठीक से सो जाइए।’’ और उसने उठकर बत्ती बुझा दी। मैं काफी देर अँधेरे में छत की तरफ़ देखता रहा। फिर मुझे नींद आने लगी।

शायद रात आधी से ज़्यादा बीत चुकी थी। जब इंजन के भोंपू की आवाज़ से मेरी नींद खुली। वह आवाज़ कुछ ऐसी भारी थी कि मेरे सारे शरीर में एक झुरझुरी-सी भर आयी। पिछले किसी स्टेशन पर इंजन बदल गया था।

गाड़ी धीरे-धीरे चलने लगी तो मैंने सिर थोड़ा ऊँचा उठाया। सामने की सीट ख़ाली थी। वह स्त्री न जाने किस स्टेशन पर उतर गयी थी। इसी स्टेशन पर न उतरी हो, यह सोचकर मैंने खिड़की का शीशा उठा दिया और बाहर देखा। प्लेटफ़ार्म बहुत पीछे रह गया था और बत्तियों की कतार के सिवा कुछ साफ़ दिखाई नहीं दे रहा था। मैंने शीशा फिर नीचे खींच लिया। अन्दर की बत्ती अब भी बुझी हुई थी। बिस्तर में नीचे को सरकते हुए मैंने देखा कि कम्बल के अलावा मैं अपनी रज़ाई भी लिए हूँ जिसे अच्छी तरह कम्बल के साथ मिला दिया गया है। गर्मी की कई एक सिहरनें एक साथ शरीर में भर गयीं।

ऊपर की बर्थ पर लेटा आदमी अब भी उसी तरह ज़ोर-ज़ोर से खर्राटे भर रहा था।

एक ठहरा हुआ चाकू

अजीब बात थी, खुद कमरे में होते हुए भी बाशी का कमरा ख़ाली लग रहा था।

उसे काफी देर हो गई थी कमरे में आए—या शायद उतनी देर नहीं हुई थी जितनी कि उसे लग रही थी। वक़्त उसके लिए दो तरह से बीत रहा था—जल्दी भी और आहिस्ता भी...उसे दरअसल, वक़्त का ठीक अहसास नहीं हो रहा था।

कमरे में कुछ एक कुर्सियाँ थीं—लकड़ी की। वैसी ही जैसी सब पुलिस स्टेशनों पर होती हैं। कुर्सियों के बीचोंबीच एक मेज़नुमा तिपाई थी जो कि कुहनी ऊपर रखते ही झूलने लगती थी। आठ फुट और आठ फुट का वह कमरा इनसे पूरा घिरा था। टूटे पलस्तर की दीवारें कुर्सियों से लगभग सटी जान पड़ती थीं। शुक्र था कि कमरे में दरवाज़े के अलावा एक खिड़की भी थी।

बाहर अहाते में बार-बार चरमराते जूतों की आवाज़ सुनाई देती थी—यही वह सब-इन्स्पेक्टर था जो उसे कमरे के अन्दर छोड़ गया था। उस आदमी का चेहरा आँखों से दूर होते ही भूल जाता था, पर सामने आने पर फिर एकाएक याद तो आता था। कल से आज तक वह कम-से-कम बीस बार उसे भूल चुका था।

उसने सुलगाने के लिए एक सिगरेट जेब से निकाला, पर यह देखकर कि उसके पैरों के पास पहले से काफी टुकड़े जमा हो चुके हैं, उसे वापस जेब में रख लिया। कमरे में एक ऐश-ट्रे का न होना उसे शुरू से ही अखर रहा था। इस वजह से वह एक भी सिगरेट आराम से नहीं पी सका था। पहला सिगरेट पीते हुए उसने सोचा था कि पीकर टुकड़ा खिड़की से बाहर फेंक देगा। पर उधर जाकर देखा कि खिड़की के ठीक नीचे एक चारपाई बिछी है, जिस पर लेटे या बैठे हुए दो-एक कान्स्टेबल अपना आराम का वक़्त बिता रहे हैं। उसके बाद फिर दूसरी बार खिड़की के पास नहीं गया।

अकेले कमरे में वक़्त काटने के लिए सिगरेट पीने के अलावा भी जो कुछ

किया जा सकता था, वह कर चुका था। जितनी कुर्सियाँ थीं, उनमें से हर एक पर एक-एक बार बैठ चुका था। उनके गिर्द चहलकदमी कर चुका था। दीवारों के पलस्तर दो-एक जगह से उखाड़ चुका था। मेज़ पर एक बार पेंसिल से और न जाने कितनी बार उँगली से अपना नाम लिख चुका था। एक ही काम था जो उसने नहीं किया था—वह था, दीवार पर लगी क्वीन विक्टोरिया की तस्वीर को थोड़ा तिरछा कर देना। बाहर अहाते से लगातार जूते की चरमर सुनाई न दे रही होती, तो अब तक उसने यह भी कर दिया होता।

उसने अपनी नब्ज़ पर हाथ रखकर देखा कि बहुत तेज़ तो नहीं चल रही। फिर हाथ हटा लिया, कि कोई उसे ऐसा करते देख न ले।

उसे लग रहा था कि वह थक गया है और उसे नींद आ रही है। रात को ठीक से नींद नहीं आई थी। ठीक से क्या, शायद बिल्कुल नहीं आई थी। या शायद नींद में भी उसे लगता रहा था कि वह जाग रहा है। उसने बहुत कोशिश की थी कि जागने की बात भूलकर किसी तरह सो सके—पर इस कोशिश में ही पूरी रात निकल गई थी।

उसने जेब से पेंसिल निकाल ली और बाएँ हाथ पर अपना नाम लिखने लगा—बाशी, बाशी, बाशी। सुभाष, सुभाष, सुभाष!

आज सुबह यह नाम प्रायः सभी अख़बारों मे छपा था। रोज़ के अख़बार के अलावा उसने तीन-चार अख़बार और ख़रीदे थे। किसी में दो इंच में ख़बर दी गई थी, किसी में दो कॉलम में। जिसने दो कॉलम में ख़बर दी थी वह रिपोर्टर उसका परिचित था। वह गर उसका परिचित न होता, तो शायद...

वह अब अपनी हथेली पर दूसरा नाम लिखने लगा—वह नाम जो उसके नाम के साथ-साथ अख़बारों में छपा था—नत्थासिंह, नत्थासिंह, नत्थासिंह!

यह नाम लिखते हुए उसकी हथेली पर पसीना आ गया। उसने पेंसिल रखकर हथेली को मेज़ से पोंछ लिया।

जूते की चरमर दरवाज़े के पास आ गई। सब-इन्स्पेक्टर ने एक बार अन्दर झाँककर पूछ लिया, ''आपको किसी चीज़ की ज़रूरत तो नहीं?''

''नहीं।'' उसने सिर हिला दिया। उसे तब ऐश-ट्रे का ध्यान नहीं आया।

''पानी-वानी की ज़रूरत हो, तो माँग लीजिएगा।''

उसने फिर सिर हिला दिया कि ज़रूरत होगी तो माँग लेगा। साथ पूछ लिया, ''अभी और कितनी देर लगेगी?''

''अब ज़्यादा देर नहीं लगेगी।'' सब-इन्स्पेक्टर ने दरवाज़े के पास से हटते हुए कहा, ''पन्द्रह-बीस मिनट में ही उसे ले आएँगे।''

इतना ही वक़्त उसे तब बताया गया था जब उसे उस कमरे में छोड़ा गया था। तब से अब तक क्या कुछ भी वक़्त नहीं बीता था।

जूते के अन्दर, दाएँ पैर के तलवे में खुजली हो रही थी। जूता खोलकर एक बार अच्छी तरह खुजला लेने की बात वह कितनी बार सोच चुका था। पर हाथ दो-एक बार नीचे झुकाकर भी उससे तस्मा खोलते नहीं बना था। उस पैर को दूसरे पैर से दबाए, वह जूते को रगड़कर रह गया।

हाथ की पेंसिल फिर चल रही थी। उसने अपनी हथेली को देखा। दोनों नामों के ऊपर उसने बड़े-बड़े अक्षरों में लिख दिया था–अगर...

अगर...

अगर कल सुबह वह स्कूटर की बजाए बस से आया होता...

अगर बर्फ़ ख़रीदने के लिए उसने स्कूटर को दायरे के पास न रोका होता...

अगर...

उसने जूते को फिर ज़मीन पर रगड़ लिया। मन में मिन्नी का चेहरा उभर आया। अगर वह कल मिन्नी से न मिला होता...।

वह, जो कभी सुबह नौ बजे से पहले नहीं उठता था, सिर्फ़ मिन्नी की वजह से उन दिनों सुबह छह बजे तैयार होकर घर से निकल जाता था। मिन्नी ने मिलने की जगह भी क्या बताई थी–अजमेरी गेट के अन्दर हलवाई की एक दुकान! जिस प्राइवेट कॉलेज में वह पढ़ने आती थी, उसके नज़दीक बैठने लायक और कोई जगह थी ही नहीं। एक दिन वह उसे जामा मस्जिद ले गया था–कि कुछ देर वहाँ के किसी होटल में बैठेंगे। पर उतनी सुबह किसी होटल का दरवाज़ा नहीं खुला था। आख़िर मेहतरों की उड़ाई धूल से सिर-मुँह बचाते वे उसी दुकान पर लौट आए थे। दुकान के अन्दर पन्द्रह-बीस मेज़ें लगी रहती थीं। सुबह-सुबह लस्सी-पूरी का नाश्ता करने वाले लोग वहाँ जमा हो जाते थे। उनमें से बहुत से तो उन्हें पहचानने भी लगे थे–क्योंकि वे रोज़ कोने की मेज़ के पास घंटा-घंटा भर बैठे रहते हैं। मिन्नी अपने लिए सिर्फ़ कोकाकोला की बोतल मँगवाकर सामने रख लेती थी, पीती उसे भी नहीं थी। लस्सी-पूरी का ऑर्डर उसे अपने लिए देना पड़ता था। जल्दी-जल्दी खाने की आदत होने से सामने का पत्ता दो मिनट में ही साफ़ हो जाता था। मिन्नी कई बार दो-दो पीरियड मिस कर देती थी, इसलिए वहाँ बैठने के लिए उसे और-और पूरी मँगवाकर खाते रहना पड़ता था। उससे

सुबह-सुबह उतना नाश्ता नहीं खाया जाता था पर चुपचाप कौर निगलते जाने के सिवा और कोई चारा नहीं होता था। मिन्नी देखती कि खा-खाकर उसकी हालत ख़स्ता हो रही है, तो कहती कि चलो, कुछ देर पास की गलियों में टहल लिया जाए। सड़क पर वे नहीं टहल सकते थे क्योंकि वहाँ कॉलेज की और लड़कियाँ आती-जाती मिल जाती थीं। हलवाई की दुकान के साथ से गली अन्दर को मुड़ती थी—उससे आगे गलियों की लम्बी भूल-भुलैया थी, जिनमें से किसी भी तरफ़ को निकल जाते थे। जब चलते-चलते सामने सड़क का मुहाना नज़र आ जाता तो वे वहीं से लौट पड़ते थे।

“इस इतवार को कोई देखने आने वाला है।” उस दिन मिन्नी ने कहा था।

“कौन आने वाला है?”

“कोई है—काठमांडू से आया है। दस दिन में शादी करके लौट जाना चाहता है।”

“फिर?”

“फिर कुछ नहीं। आएगा तो मैं उससे साफ़-साफ़ सब कह दूँगी।”

“क्या कह दोगी?”

“यह क्यों पूछते हो? तुम्हें पूछने की ज़रूरत नहीं है।”

“अगर उस वक्त तुम्हारी ज़बान न खुल सकी, तो?”

“तो समझ लेना कि ऐसे ही बेकार की लड़की थी...इस लायक़ थी ही नहीं कि तुम उससे किसी तरह की रहो-रास्त रखते।”

“पर तुमने पहले ही घर में क्यों नहीं कह दिया?”

“यह तुम जानते हो कि मैंने नहीं कहा?” कहते हुए मिन्नी ने उसकी उँगलियाँ अपनी उँगलियों में ले ली थीं। “अभी तो तुम दूसरे के घर में रहते हो। जब तुम अपना घर ले लोगे, तो मैं...तब तक मैं ग्रेजुएट भी हो जाऊँगी।”

एक बहते नल का पानी गली में यहाँ से वहाँ तक फैला था। बचने की कोशिश करने पर भी दोनों के जूते कीचड़ में लथपथ हो गए थे। एक जगह उसका पाँव फिसलने लगा तो मिन्नी ने बाँह से पकड़कर उसे सँभाल लिया। कहा, “ठीक से देखकर नहीं चलते न! पता नहीं, अकेले रहकर कैसे अपनी देखभाल करते हो!”

अगर...

अगर मिन्नी ने यह न कहा होता, तो वह उतना खुश-खुश न लौटता। उस हालत में ज़रूर स्कूटर के पैसे बचाकर बस में आया होता।

अगर घर के पास के दायरे में पहुँचने तक प्यास न लग आई होती...

उसने स्कूटर को वहाँ रोक लिया था—कि दस पैसे की बर्फ़ ख़रीद ले। महीना जुलाई का था; फिर भी उसे दिन-भर प्यास लगती थी। दिन में कई-कई बार वह बर्फ़ खरीदने वहाँ आता था। दुकानदार उसे दूर से देखकर ही पेटी खोल लेता था और बर्फ़ तोड़ने लगता था।

पर तब तक अभी बर्फ़ की दुकान खुली नहीं थी।

बर्फ़ ख़रीदने के लिए उसने जो पैसे जेब से निकाले थे, उन्हें हाथ में लिए वह लौटकर स्कूटर के पास आया, तो एक और आदमी उसमें बैठ चुका था। वह पास पहुँचा, तो स्कूटर वाले ने उसकी तरफ़ हाथ बढ़ा दिया—जैसे कि वहाँ उतरकर वह स्कूटर ख़ाली कर चुका हो।

“स्कूटर अभी ख़ाली नहीं है।” उसने स्कूटर वाले से न कहकर अन्दर बैठे आदमी से कहा।

“ख़ाली नहीं से मतलब?” उस आदमी का चेहरा सहसा तमतमा उठा। वह एक लम्बा-तगड़ा सरदार था—लुंगी के साथ एक मख़मल का कुरता पहने। लम्बा शायद उतना नहीं था, पर तगड़ा होने से लम्बा भी लग रहा था।

“मतलब कि मैंने अभी इसे ख़ाली नहीं किया है।”

“ख़ाली नहीं किया है तो मैं अभी कराऊँ तुमसे ख़ाली?” कहते हुए सरदार ने दाँत भींच लिए। “जल्दी से उसके पैसे दे और अपना रास्ता देख वरना...!”

“वरना क्या होगा?”

“बताऊँ तुझे क्या होगा?” कहते हुए सरदार ने उसे कालर से पकड़ कर अपनी तरफ़ खींच लिया और उसके मुँह पर एक झापड़ दे मारा—“यट होगा! अब आया समझ में? दे जल्दी से उसके पैसे और दफ़ा हो यहाँ से।”

उसका खून खौल गया कि एक आदमी, जिसे कि वह जानता तक नहीं, भरे बाज़ार में उसके मुँह पर थप्पड़ मार कर उससे दफ़ा होने को कह रहा है। उसका चश्मा नीचे गिर गया था। उसे ढूँढ़ते हुए उसने कहा, “सरदार, ज़बान सँभालकर बात कर!”

“क्या कहा? ज़बान सँभालकर बात करूं? हरामज़ादे, तुझे पता है, मैं कौन हूँ?” जब तक उसने आँखों पर चश्मा लगाया, सरदार स्कूटर से नीचे उतर आया था। उसका हाथ कुरते की जेब में था।

“तू जो भी है, इस तरह की बदतमीज़ी करने का तुझे कोई हक़ नहीं।” कहते न कहते उसने देखा कि सरदार की जेब से निकलकर एक चाकू उसके

सामने खुल गया है। ''तू अगर समझता है कि...'' यह वाक्य वह पूरा नहीं कर पाया। खुले चाकू की चमक से उसकी ज़बान और छाती सहसा जकड़ गई। उसके हाथ से पैसे वहीं गिर गए और वह वहाँ से भाग खड़ा हुआ।

''ठहर, मादर...अब जा कहाँ रहा है?'' उसने पीछे से सुना।

''पैसे, साहब?'' यह आवाज़ स्कूटर वाले की थी।

उसने जेब में हाथ डाला और जितने सिक्के हाथ में आए निकालकर सड़क पर फेंक दिए। पीछे मुड़कर नहीं देखा। घर की गली बिल्कुल सामने थी, पर उस तरफ़ न जाकर वह जाने किस तरफ़ को मुड़ गया। कहाँ तक और कितनी देर तक भागता रहा, इसका होश नहीं रहा। जब होश हुआ, तो वह एक अपरिचित मकान के ज़ीने में खड़ा हाँफ रहा था।...

उसने पेंसिल हाथ में रख दी और हथेली पर बने शब्दों को अँगूठे से मल दिया। तब तक न जाने कितने शब्द और वहाँ लिखे गए थे जो पढ़े भी नहीं जाते थे। सब मिलकर आड़ी-तिरछी लकीरों का एक गुँझल था जो मल दिए जाने पर भी पूरी तरह मिटा नहीं था। हथेली सामने किए वह कुछ देर तक उस अधबुझे गुँझल को देखता। हर लकीर का नोक-नुक्ता कहीं से बाकी था। उसने सोचा कि वहाँ कहीं एक वाश-बेसिन होता तो बस दोनों हाथों को अच्छी तरह मलकर धो लेता।

''हलो!...''

उसने सिर उठाकर देखा। महेन्द्र, जिसके यहाँ वह रहता था और वह रिपोर्टर जिसने दो कॉलम में ख़बर दी थी, उसके सामने खड़े थे। सब-इन्स्पेक्टर के जूते की चरमर दरवाज़े से दूर जा रही थी।

''तुम इस तरह बुझे-से क्यों बैठे हो?'' महेन्द्र ने पूछा।

''नहीं तो...'' उसने कहा और मुस्कराने की कोशिश की।

''ये लोग उसे लॉक-अप से यहाँ ले आए हैं। अभी थोड़ी देर में उसे शनाख़्त के लिए इधर लाएँगे।''

उसने सिर हिलाया। वह अब भी वाश-बेसिन की बात सोच रहा था।

''थानेदार बता रहा था कि सुबह-सुबह उसके घर जाकर इन्होंने उसे पकड़ा है। ये लोग कब से इसके पीछे थे, पर पकड़ने का कोई मौका इन्हें नहीं मिल रहा था, कोई भला आदमी उसकी रिपोर्ट ही नहीं करता था।''

उसने अब फिर मुस्कराने की कोशिश की। पेंसिल उसने मेज़ से उठाकर जेब में डाल ली।

‘‘मैं आज फिर अख़बार में उसकी ख़बर दूँगा।’’ रिपोर्टर बोला, जब तक इस आदमी को सज़ा नहीं हो जाती, हम इसका पीछा नहीं छोड़ेंगे।’’

उसे लगा कि उसके कान गरम हो रहे हैं। उसने हल्के से एक कान को सहला लिया।

‘‘तय हुआ है’’ महेन्द्र ने कहा, ‘‘कि उसे साथ लिए हुए चार सिपाही अहाते में दाईं तरफ़ से आएँगे और बाईं तरफ़ से निकल जाएँगे। उसे यह पता नहीं चलने दिया जाएगा कि तुम यहाँ हो। तुम यहाँ बैठे-बैठे उसे देख लेना और बाद में बता देना कि हाँ, यही आदमी है, जिसने तुम पर चाकू चलाना चाहा था। वह थानेदार के सामने इतना तो मान गया है कि कल उसने स्कूटर को लेकर झगड़ा किया था, पर चाकू निकालने की बात नहीं मानी। कहता है कि चाकू-वाकू तो उसके पास होता ही नहीं—उसके दुश्मनों ने ख़ामख़ाह उसे फँसाने के लिए रिपोर्ट लिखवा दी है। यह भी कह रहा था कि वह तो अब इस इलाके में रहना नहीं चाहता—दो-एक मुकदमों का फ़ैसला हो जाए, तो वह इस इलाके से चला जाएगा।’’

वह कुछ देर क्वीन विक्टोरिया की तस्वीर को देखता रहा। फिर अपनी उँगलियों को मलता हुआ आहिस्ता से बोला, ‘‘मेरा ख़्याल है, हमें रिपोर्ट नहीं लिखवानी चाहिए थी।’’

‘‘तुम फिर वही बुज़दिली की बात कर रहे हो?’’ महेन्द्र थोड़ा तेज़ हुआ, तुम चाहते हो कि ऐसे आदमी को गुंडागर्दी की छूट मिली रहे?’’

उसकी आँखें तस्वीर से हटकर पलभर महेन्द्र के चेहरे पर टिकी रहीं। उसे लगा कि जो बात वह कहना चाहता है, वह शब्दों में नहीं कही जा सकती।

‘‘आपको डर लग रहा है?’’ रिपोर्टर ने पूछा।

‘‘बात डर की नहीं...’’

‘‘तो और बात क्या है?’’ महेन्द्र फिर बोला उठा, ‘‘तुम कल भी कम्पलेंट लिखवाने में आनाकानी कर रहे थे।...’’

‘‘मैंने यह बात भी अपनी रिपोर्ट में लिखी है।’’ रिपोर्टर ने कहा और एक सिगरेट सुलगा ली।

‘‘ख़ैर, रिपोर्ट तो अब हो गई है और उस आदमी को गिरफ़्तार भी कर लिया गया है।’’ महेन्द्र बोला, ‘‘तुम्हें डरना नहीं चाहिए। इतने लोग तुम्हारे साथ हैं।’’

‘‘मैं समझता हूँ कि गुंडागर्दी को रोकने में आदमी की जान भी चली जाए, तो उसे परवाह नहीं करनी चाहिए।’’ रिपोर्टर ने कश खींचते हुए कहा, ‘‘इन

लोगों के हौंसले इतने बढ़ते जा रहे हैं कि ये किसी को कुछ समझते ही नहीं। पिछले दो साल में ही गुंडागर्दी की घटनाएँ पहले से पौने तीन गुना हो गई हैं—यानी पहले से एक सौ पिचहत्तर फ़ीसदी ज़्यादा। अगर अब भी इनकी रोकथाम न की गई तो पाँच साल में आदमी के लिए घर से निकलना मुश्किल हो जाएगा।''

रिपोर्टर के सिगरेट की राख उसके घुटने पर आ गिरी। उसने हल्के से उसे झाड़ दिया और बाहर की तरफ़ देखने लगा।

''ये लोग अब उसके घर चाकू तलाश करने गए हैं।'' महेन्द्र दोनों जेबों में हाथ डाले चलने के लिए तैयार होकर बोला, ''हो सकता है, तुमसे चाकू की शनाख़्त के लिए कहा जाए।''

''चाकू की शनाख़्त कैसे होगी?'' उसने इसी स्वर में पूछ लिया।

''कैसे होगी?'' महेन्द्र फिर उत्तेजित हो उठा, ''देखकर कह देना कि हाँ यही चाकू है—और शिनाख्त कैसे होती है?

''पर मैंने चाकू ठीक से देखा नहीं था।''

''नहीं देखा था, तो अब देख लेना। हम थोड़ी देर में फोन करके यहाँ से पता कर लेंगे। तुम यहाँ से निकलकर सीधे घर चले जाना और रात को लौटने तक घर में ही रहना।''

वे लोग चले गए, तो कमरा उसे फिर ख़ाली लगने लगा—बिलकुल ख़ाली—जिसमें वह ख़ुद भी जैसे नहीं था। सिर्फ कुर्सियाँ थीं, दीवारें थीं और एक खुला दरवाज़ा था।...बाहर जूते की चरमर अब सुनाई नहीं पड़ रही थी।

''सुनो...'' उसे लगा जैसे उसने मिन्नी की आवाज़ सुनी हो। उसने आस-पास देखा। कोई भी वहाँ नहीं था। सिर्फ़ सिर के ऊपर घूमता पंखा आवाज़ कर रहा था। उसे हैरानी हुई कि अब तक उसे इस आवाज़ का पता क्यों नहीं चला। उसे तो इतना भी अहसास नहीं था कि कमरे में एक पंखा भी है।

सिर कुरसी की पीठ से टिकाए वह पंखे की तरफ़ देखने लगा—उसकी तेज़ रफ़्तार में अलग-अलग पैरों को पहचानने की कोशिश करने लगा। उसे ख़्याल आया कि उसके सिर के बाल बुरी तरह उलझे हैं और वह सुबह से नहाया नहीं है। आज सुबह से ही नहीं, कल सुबह से।...

कल दिन-भर वे लोग स्कूटरों और टैक्सियों में घूमते रहे थे। वह और महेन्द्र। घर पहुँचकर उसने महेन्द्र को उस घटना के बारे में बतलाया, तो वह तुरन्त ही उस सम्बन्ध में 'कुछ करने' को उतावला हो उठा था। पहले उन्होंने दायरे के पास जाकर पूछताछ की। वहाँ कोई भी कुछ बतलाने को तैयार नहीं था। जो

मोची दायरे के पास बैठा था, वह सिर झुकाए चुपचाप हाथ से जूते को सीता रहा। उसने कहा कि वह घटना के समय वहाँ नहीं था—नल पर पानी पीने गया था। और भी जिस-जिससे पूछा उसने सिर हिलाकर मना कर दिया कि वह उस आदमी के बारे में कुछ नहीं जानता। सिर्फ़ मेडिकल स्टोर के इंचार्ज ने दबी आवाज़ में कहा, ''नत्थासिंह को यहाँ कौन नहीं जानता? अभी कुछ ही दिन पहले उसके आदमियों ने पिछली गली में पानवाले का क़त्ल किया है। वे तीन-चार भाई हैं और इस इलाके के माने हुए गुंडे हैं। ख़ैरियत समझिए कि आपकी जान बच गई, वरना हममें से किसी को इसकी उम्मीद नहीं रही थी। अब बेहतरी इसी में है कि आप इस चीज़ को चुपचाप पी जाएँ और बात को ज़्यादा बिखरने न दें। यहाँ आपको एक भी आदमी ऐसा नहीं मिलेगा जो उसके ख़िलाफ़ गवाही देने को तैयार हो। अगर आप पुलिस में रिपोर्ट करें और पुलिस तहकीकात के लिए आए, तो सब लोग मुकर जाएँगे कि यहाँ पर ऐसा कुछ हुआ ही नहीं।''

पर महेन्द्र का कहना था कि रिपोर्ट ज़रूर करेंगे—ऐसे आदमी को सज़ा दिलवाए बग़ैर नहीं छोड़ा जा सकता।

थानेदार से बात करने पर उसने कहा, ''हाँ-हाँ, रिपोर्ट आपको ज़रूर लिखवानी चाहिए। इन गुंडों से मत्था लेने में यूँ थोड़ा-बहुत ख़तरा तो रहता ही है—और कुछ न करें, आप पर एसिड-वेसिड ही डाल दें। ऐसा उन्होंने दो-एक बार किया भी है। पर हम आपकी हिफ़ाज़त के लिए हैं, आपको डरना नहीं चाहिए। एक अच्छे शहरी होने के नाते आपका फ़र्ज़ है कि आप रिपोर्ट ज़रूर लिखवाएँ। हम लोगों को भी तो उनके ख़िलाफ़ कार्रवाई करने का मौका इसी तरह मिल सकता है।''

रिपोर्ट लिखवाने के बाद वे लोग अखबारों के दफ्तर में गए—एस.पी. और डी.एस.पी. से मिले। उस दौरान कई बातों का पता चला कि उस आदमी का मुख्य धन्धा लड़कियों की दलाली करना है—कि ऊँचे सरकारी और राजनीतिक हलके के अमुक-अमुक व्यक्तियों को वह लड़कियाँ सप्लाई करता है—कि उसकी कितनी भी रिपोर्ट की जाए, कभी उसके ख़िलाफ़ कार्रवाई नहीं की जाती—कि नीचे से अमुक-अमुक लोग उससे पैसे खाते हैं—कि नीचे से कार्रवाई कर भी दी जाए तो ऊपर से अमुक-अमुक का फोन आ जाता है जिससे कार्रवाई वापस ले ली जाती है।...

''वह तो बेचारा सिर्फ़ दलाली करता है।'' डी.एस.पी. ने ज़रूरी फ़ाइलों

पर दस्तख़त करते हुए कहा, ''क़त्ल-वत्ल करने का उसका हौसला नहीं पड़ सकता। हम उसके ख़िलाफ कार्रवाई नहीं करेंगे—आपको डरना बिलकुल नहीं चाहिए।''

अख़बारों के चीफ क्राइम रिपोर्टर ने तीस हज़ारी कैंटीन की ठंडी चाय के लिए छोकरे को डाँट-फटकार करते हुए सलाह दी, ''आप पहला काम यही कीजिए कि जाकर अपनी रिपोर्ट वापस ले लीजिए। थानेदार मेरा वाकिफ़ है, आप चाहें तो उससे मेरा नाम ले सकते हैं—कि पंडित माधोप्रसाद ने यह राय दी है। वह अकेला नहीं है, एक बहुत बड़ा गिरोह उसके साथ है। हम लोग उनसे उलझ लेते हैं क्योंकि एक तो हम इन सबको पहचानते हैं और दूसरे हिफ़ाज़त के लिए रिवाल्वर-आल्वर अपने साथ रखते हैं। ये भी जानते हैं कि जितने बड़े गुंडे ये दूसरों के लिए हैं, उतने ही बड़े गुंडे हम इनके लिए हैं। इसलिए हमसे डरते भी हैं, पर आप जैसे आदमी को तो ये एक दिन में साफ कर देंगे—आपको इनसे बचकर रहना चाहिए।...''

अपनी अनेक राजनीतिक व्यस्तताओं से समय निकालकर उस विभाग के मन्त्री ने भी अपने लान में चहलकदमी करते हुए शाम को एक मिनट उससे बात की। छूटते ही पूछा, ''किस चीज़ की अदावत थी तुम लोगों में?''

''अदावत का कोई सवाल नहीं था...'' वह जल्दी कहने लगा, ''मैं सुबह स्कूटर में घर की तरफ़ आ रहा था।...''

''तुम अपनी शिकायत एक काग़ज़ पर लिखकर सेक्रेटरी को दे दो।'' उन्होंने बीच में ही कहा, ''उस पर जो कार्रवाई करनी होगी, कर दी जाएगी।'' और वे लान में खड़े दूसरे ग्रुप की तरफ़ मुड़ गए।

रात को घर लौटने पर उसे अपने हाथ-पैर ठंडे लग रहे थे। पर महेन्द्र का उत्साह कम नहीं हुआ था। वह आधी रात तक इधर-उधर फोन करके तरह-तरह के आँकड़े जमा करता रहा। ''उसे कम-से-कम तीन साल की सज़ा होनी चाहिए!'' उसने सोने से पहले आँकड़ों के आधार पर निष्कर्ष निकाल लिया।

महेन्द्र के सो जाने के बाद वह काफी देर साथ के कमरे में आती साँसों की आवाज़ सुनता रहा था—उस आवाज़ में उतनी सुरक्षा का अहसास उसे पहले कभी नहीं हुआ था। वह आवाज़—एक जीवित आवाज़ उसके बहुत पास थी और लगातार चल रही थी। जितनी जीवित वह आवाज़ थी उतना ही जीवित था उसे सुन सकना—चुपचाप लेटे हुए, बिना किसी कोशिश के अपने कानों से सुन सकना। गरमी और उमस के बावजूद रात ठंडी थी—कुछ देर पहले से हल्की-हल्की बूँदें पड़ने लगी थीं। कभी-कभी उसे सन्देह होता कि जो आवाज़ वह सुन रहा है,

वह रात की ही तो आवाज़ नहीं सिर्फ़ पत्तों के हिलने और बूँदों के गिरने की आवाज़—कि सुनना भी कहीं सुनना न होकर अपने से बाहर का कोरा शब्द ही, तो नहीं। तब वह करवट बदलकर अपने हाथ-पैरों का 'होना' महसूस करता और फिर से साँसों का शब्द सुनने लगता।...

खिड़की से कभी-कभी हवा का झोंका आता जिससे रोंगटे सिहर जाते थे। उस सिहरन में हवा के स्पर्श के अतिरिक्त भी कुछ होता—शायद रोंगटों में अपने अस्तित्व की अनुभूति। एक झोंके के बीत जाने पर वह दूसरे की प्रतीक्षा करता, जिससे कि फिर से उस स्पर्श और सिहरन को अपने में महसूस कर सके। इस सिहरन के बाद उसे अपना हाथ ख़ाली-ख़ाली-सा लगता। मन होता कि हाथ में कसने के लिए एक और हाथ उसके पास हो—मिन्नी की पतली और चुभती उँगलियों वाला हाथ! कि हाथ के अलावा मिन्नी का पूरा शरीर भी पास में हो—इकहरा, पर भरा हुआ शरीर—जिसके एक-एक हिस्से से अपने सिर और होंठों को रगड़ता हुआ वह अपने नाक-कान-गालों से उसकी साँसों का शब्द और उतार-चढ़ाव महसूस कर सके। पर मिन्नी वहाँ नहीं थी—और उसके हाथ ही नहीं, पूरा अपना-आप ख़ाली था। उसकी आँखें दर्द कर रही थीं और कनपटियों की नसें फड़क रही थीं। अगर वह रात रात न होकर सुबह होती—एक दिन पहले की सुबह—वह अभी मिन्नी से बात करके उससे अलग न हुआ होता और स्टैंड पर आकर अभी स्कूटर में न बैठा होता।...

कोई चीज़ हलक में चुभ रही थी—एक नोक की तरह। बार-बार थूक निगल कर उस चुभन को मिटा लेना चाहता। कभी-कभी उसे लगता कि किसी हाथ ने उसका गला दबोच रखा है और यह चुभन गले पर कसते नाख़ूनों की है। तब वह जैसे अपने को उन हाथों से छुड़ाने के लिए छटपटाने लगता। उसे अपने अन्दर से एक हौलनाक-सी आवाज़ सुनाई देती—अपनी तेज़ चलती साँसों की आवाज़। रात तब दिन में और कमरा सड़क में घुल-मिल जाता और वह अपने को फूली साँस और अकड़ी पिंडलियों से बेतहाशा सड़क पर भागते पाता। सड़क है—सिर्फ सलेटी सड़क—जिसका कोलतार जहाँ-तहाँ से पिघल रहा है। उस पर जैसे उससे आगे-आगे, दो पैर हैं—उसके अपने पैर। जूते के फीते खुले हैं। पतलून के पाँयचे जूते में अटक-अटक जाते हैं। पर वह सरपट भाग रहा है—जैसे जूते और पाँयचों के ऊपर-ऊपर से। आगे एक-दूसरे से गडमड मकान हैं। नालियाँ हैं, लोग हैं। सब उसके रास्ते में हैं—पर कोई भी, कुछ भी उसके रास्ते में नहीं है। सिर्फ सड़क है, वह, और भागना है।...

आँख खुल जाती, तो बाहर बिजली चमकती दिखाई देती है। फिर मुँद जाती, तो कोई चीज़ अन्दर कौंधने लगती।...एक ज़ीने की सीढ़ियों ने उसे रस्सियों की तरह लपेट रखा है। एक तेज़ धार का चाकू उन रस्सियों को काटता आता है। उसके पास आने से पहले ही उसकी धार जैसे शरीर में चुभने लगती है। यह उसकी पीठ है...पीठ नहीं, छाती है। चाकू की नोक सीधी उसकी छाती की तरफ़... नहीं, गले की तरफ़...आ रही है। वह उस नोक से बचने के लिए अपना सिर पीछे हटा रहा है...पर पीछे आसमान नहीं, दीवार है। वह कोशिश कर रहा है। वह कोशिश कर रहा है कि उसका सिर दीवार में गड़ जाए...दीवार में अन्दर छिप जाए। पर दीवार दीवार नहीं, रस्सियों का जाल है और जाल के उस तरफ़ वही चाकू की नोक है। जाल टूट रहा है। सीढ़ियाँ पैरों के नीचे फिसल रही हैं। क्या वह किसी तरह सीढ़ियों में—रस्सियों में—उलझा रहकर अपने को नहीं बचा सकता?

आँख फिर खुल जाती, तो उसे तेज़ प्यास महसूस होती। पर जब तक वह उठने और पानी पीने की बात सोचता, तब तक आँख फिर झपक जाती।

चाप् चाप् चाप्।...

जूते की आवाज़ फिर दरवाज़े के पास आ गई। वह कुर्सी पर सीधा हो गया।

''आप तैयार हैं?'' सब-इन्स्पेक्टर ने अन्दर आकर पूछा।

उसने सिर हिलाया। उसे लग रहा था कि रात से अब तक उसने पानी पिया ही नहीं

''तो अपनी कुर्सी ज़रा तिरछी कर लीजिए और बाहर की तरफ़ देखते रहिए। हम लोग अभी उसे लेकर आ रहे हैं।'' कहकर सब-इन्स्पेक्टर चला गया।

चाप् चाप् चाप्!...

उसे लगा कि उसके हाथों की उँगलियाँ काँप रही हैं—ऐसे जैसे वे हाथों से ठीक से जुड़ी न हों।

साथ के कमरे में एक आदमी रो रहा था—धौल-धप्पे से कोई चीज़ उससे कबुलवाई जा रही थी।

क्वीन विक्टोरिया की तस्वीर जैसे दीवार से थोड़ा आगे को हट आई थी—उसके और ज़मीन के बीच का फ़ासला भी अब पहले जितना नहीं लग रहा था।

चाप् चाप् चाप!—यह कई पैरों की मिली-जुली आवाज़ थी। साथ के कमरे में पिटाई चल रही थी : ''बोल हरामज़ादे, तू किस रास्ते से घुसा था घर के अन्दर?'' और इसके जवाब में आती आवाज़ : ''नहीं, मैं नहीं घुसा था। मैं तो उस घर की तरफ़ गया भी नहीं था।...''

चार सिपाही कमरे के बाहर आ गए थे और उनके बीच था वही सरदार—उसी तरह लुँगी के साथ मख़मल का कुरता पहने। हथकड़ी के बावजूद उसके हाथ बँधे हुए नहीं लग रहे थे।

पल-भर के लिए बाशी को लगा जैसे उसे उस आदमी का नाम भूल गया हो। कल दिन में कितनी ही बार, कितने ही लोगों के मुँह से, वह नाम सुना था। जिस किसी से बात हुई थी, वह उस आदमी को पहले से ही जानता था। अभी कुछ ही देर पहले उसने वह नाम अपनी हथेली पर लिखा था। क्या नाम था वह?

दरवाज़े के पास आकर वे लोग रुक गए थे—जैसे किसी चीज़ का पता करने के लिए। थानेदार और सब-इन्स्पेक्टर में से कोई उनके साथ नहीं था।

''कहाँ चलना है? इस तरफ़?'' कहता हुआ सरदार उसी दरवाज़े की तरफ़ बढ़ आया। अब वे दोनों आमने-सामने थे। चारों सिपाही पीछे चुपचाप खड़े थे।

बाशी को अचानक उसका नाम याद हो आया। नत्थासिंह! सुबह प्रायः सभी आख़बारों में यह नाम पढ़ा था। तब उसे उस आदमी की सूरत याद नहीं आ रही थी। सोच रहा था कि उसे देखकर पहचान भी पाएगा या नहीं। पर अब वह सामने था, तो उसकी सूरत बहुत पहचानी हुई लग रही थी। जैसे कि वह उसे एक मुद्दत से जानता हो।

वह आदमी सीधी नज़र से उसकी तरफ़ देख रहा था—जैसे कि उसका चेहरा आँखों में बिठा लेना चाहता हो। पर बाशी अपनी आँखें हटाकर दूसरी तरफ़ देखने की कोशिश कर रहा था—खिड़की की तरफ़। खिड़की के बाहर पेड़ के पत्ते हिल रहे थे। पेड़ की डाल पर एक कौआ पंख फड़फड़ा रहा था।

वह एक लम्बा वक़्फ़ा था—खामोश वक़्फ़ा—जिसमें कि उसके कान ही नहीं, गाल भी दहकने लगे। पैर में तेज़ खुजली उठ रही थी, फिर भी उसने उसे दूसरे पैर से दबाया नहीं। उसकी आँखें खिड़की से हटकर ज़मीन में धँस गईं और तब तक धँसी रहीं जब तक कि वह वक़्फ़ा गुज़र नहीं गया। उन लोगों के चले जाने के कई क्षण बाद उसने आँखें दरवाज़े की तरफ़ मोड़ीं। तब थानेदार अहाते में खड़ा सब-इन्स्पेक्टर को डाँट रहा था, ''मैंने तुमसे कहा नहीं था कि उसे यहाँ रोकना नहीं, चुपचाप दरवाज़े के पास से निकालकर ले जाना।''

सब-इन्स्पेक्टर अपनी सफाई दे रहा था कि कसूर उसका नहीं, सिपाहियों का है—उन लोगों ने, लगता है, बात ठीक से समझी नहीं।

थानेदार माफ़ी माँगता हुआ उसके पास आया और आश्वासन देकर कि

उसे फिर भी डरना नहीं चाहिए, वे लोग उसकी हिफ़ाज़त करेंगे, बोला, ‘‘उसे पहचान लिया है न आपने? यही आदमी था न जिसने आप पर चाकू चलाना चाहा था?’’

बाशी कुर्सी से उठ खड़ा हुआ। उठते हुए उसे लगा कि उसके घुटने में ख़ून जम गया है। उसे जैसे सवाल ठीक से समझ ही नहीं आया—जैसे अलग-अलग शब्द थे जिन्हें मिलाकर उसके दिमाग़ में पूरा वाक्य नहीं बन पाया था।

‘‘यह वही आदमी था न?’’

उसके पैरों में पसीना आ रहा था। बगलों में भी। साथ के कमरे में ठुकाई करते हुए पूछा जा रहा था, ‘‘तू नहीं था तो कौन था कुत्ते के बीज? सीधे से बता दे—क्यों अपनी पसलियाँ तुड़वाता है?’’ जवाब में मार खाने वाला न जाने क्या कहने की कोशिश कर रहा था।

अब तक वाक्य उसके दिमाग में स्पष्ट हो गया था। जो सवाल पूछा गया था, उसका जवाब उसे ‘हाँ’ में देना था। यह बात पहले से ही तय थी—तब से ही जबकि उसे उस कमरे में लाया गया था। वह आदमी वही है, यह सब जानते थे—वह भी, थानेदार भी और दूसरे लोग भी फिर भी उसके ‘हाँ’ कहने पर ही सब कुछ निर्भर करता था।

उसने कमीज़ के निचले हिस्से से बग़लों का पसीना पोंछ लिया। फिर उसे ख़्याल आया कि वह दो दिन से नहाया नहीं है और कि मिन्नी हमेशा उसे सुबह नहाकर न आने के लिए ताना देती है। आज सुबह मिन्नी ठीक वक़्त पर वहाँ पहुँची होगी। उसके वहाँ न मिलने पर उसने जाने क्या सोचा होगा!

उसे यह भी लग रहा था कि वह जाने कोट-टाई पहनकर क्यों आया है—उसे क्या थाने में नौकरी के लिए दरख़्वास्त देनी थी?

‘‘आप क्या सोच रहे हैं?’’ थानेदार ने पूछा, ‘‘आपने उस आदमी को पहचाना नहीं?’’

यह एक नया विचार था। अगर सचमुच उसने उस आदमी को न पहचाना होता?...और पहचानने के बाद भी इस वक्त अगर वह कह दे कि उसने नहीं पहचाना?

पर इस विचार के दिमाग़ में ठीक से बनने के पहले ही, पहले की तय की बात उसके मुँह से निकल गई, ‘‘हाँ वही आदमी है यह।’’

जवाब सुनते ही थानेदार व्यस्ततापूर्वक वहाँ से हट गया। सब-इन्स्पेक्टर पल-भर उसकी तरफ़ देखता रहा, फिर यह कह कर कि ‘‘अब आप घर जा सकते हैं। चाकू शिनाख्त के लिए, आपके पास वहीं भेज दिया जाएगा।’’ वह भी वहाँ

से चल गया।

वह अपने में उलझा हुआ थाने से बाहर आया। बाहर की तेज़ खुली धूप में उसे अपना-आप बहुत असुरक्षित और नंगा-सा लगा। लगा, जैसे वह अपना बहुत कुछ कमरे में छोड़ आया हो—कल तक का सारा संघर्ष, मिन्नी का चेहरा और आगे की सब योजनाएँ। फुटपाथ, सड़क और खम्भे पहले कभी उसे इतने सपाट और नंगे नहीं लगे थे। सामने जो पहली इमारत नज़र आ रही थी और जिसकी ओट मे जाकर वह अपने को कुछ ढका हुआ महसूस कर सकता था, वह भी सौ गज़ से कम फ़ासले पर नहीं थी। खुले में, चारों तरफ़ से सबको दिखाई देते हुए, उतना फ़ासला तय करना उसे असम्भव लग रहा था। 'अब मैं उस इलाके में नहीं रह पाऊँगा।' उसने सोचा। 'और वह घर छोड़ देना पड़ा, तो और कहाँ रहूँगा? नौकरी तो अब तक मिली नहीं।...'

उसने एक असहाय नज़र से चारों तरफ़ देख लिया। एक ख़ाली टैक्सी पीछे आ रही थी। उसने जेब के पैसे गिने और हाथ देकर टैक्सी को रोक लिया। फिर चोर-नज़र से आस-पास देख उसमें बैठ गया।

टैक्सी वाले को घर का पता देकर वह नीचे को झुक गया जिससे खिड़की के बाहर सिवाय सिर के, जिस्म का और कोई हिस्सा दिखाई न दे।

पैर में खुजली बहुत बढ़ गई थी। वह उसी तरह झुके-झुके काँपती उँगलियों से जूते का फ़ीता खोलने लगा।

वारिस

घड़ी में तीन बजते ही सीढ़ियों पर लाठी की खट-खट होने लगती और मास्टरजी अपने गेरुआ बाने में ऊपर आते दिखाई देते। खट-खट आवाज़ सुनते ही भागकर बैठक में पहुँच जाते और अपनी कॉपियाँ और किताबें ठीक करते हुए ड्योढ़ी की तरफ़ देखने लगते। घड़ी तीन बजा न चुकी होती, तो उनके ऊपर पहुँचते-पहुँचते बजा देती। मैं बहन के कान के पास मुँह ले जाकर कहता, ''एक-दो-तीन!...''

और मास्टरजी बैठक में पहुँच जाते। अगर घड़ी उनके वहाँ पहुँचने से दो-तीन मिनट पहले तीन बजा चुकी होती, तो वे उस पर शिकायत की एक नज़र डालते, भरकर रखे हुए गिलास में से दो घूँट पानी पीते और पढ़ाने बैठ जाते। मगर बैठकर भी दो-एक बार उनकी नज़र ऊपर हमारी दीवार-घड़ी की तरफ़ उठती, फिर अपने हाथ पर लगी हुई बड़े गोल डायल की पुरानी पीली-सी घड़ी पर पड़ती और वे 'हुँ' या 'त्वत्' की आवाज़ से अपना असंतोष प्रकट करते जाते अपने प्रति, अपनी घड़ी के प्रति या हमारी घड़ी के प्रति।

हमें मैट्रिक की परीक्षा देनी थी और वे हमें अँग्रेज़ी पढ़ाने के लिए आते थे। बहन मुझसे एक साल बड़ी थी, मगर उसने उसी साल ए.बी.सी. से अँग्रेज़ी सीखी थी। मैं भी अँग्रेज़ी इतनी ही जानता था कि बिना हिचकिचाहट के 'वंडरफुल' के ये हिज्जे बता देता था—डब्लू ओ एन, डी ओ आर, एफ यू डबल एल—वंडरफुल! मास्टरजी कविता बहुत उत्साह के साथ पढ़ाते थे। वे टेनीसन, ब्राउनिंग और स्कॉट की पंक्तियों की व्याख्या करते हुए जैसे कहीं और ही पहुँच जाते थे। उनकी आँखें चमकने लगती थीं और दोनों हाथ हिलने लगते थे। भाषा इनके मुँह से ऐसी निकलती थी जैसे खुद कविता कर रहे हों। मुझे कई बार कविता की पंक्ति तो समझ में आ जाती थी, उनकी व्याख्या समझ में नहीं आती थी। मैं मेज़ के नीचे से बहन के टख़नों पर ठोकर मारने लगता। ऊपर से चेहरा गम्भीर बनाए रहता। ठोकर मारना इसलिए ज़रूरी था कि अगर मैं ध्यान से पढ़ने देता, तो

वह बीच में मास्टरजी से कोई सवाल पूछ लेती थी जिससे ज़ाहिर होता था कि बात उसकी समझ में आ रही है, और इस तरह अपनी हतक होती थी।

किताब पढ़कर मास्टरजी हमसे अनुवाद कराते। अनुवाद के पैसेज वे किसी कविता में से नहीं देते थे, ज़बानी लिखाते थे। उनमें कई बड़े शब्द होते जो अपनी समझ में ही न आते। वे लिखाते :

‘‘भावना जीवन की हरियाली है। भावना-विहीन जीवन एक मरुस्थल है, जहाँ कोई अंकुर नहीं फूटता।’’

हम पहले उनसे भावना की अँग्रेज़ी पूछते, फिर अनुवाद करते :

‘‘सेंटीमेंट इज़ लाइफ़्स वेजीटेबल। सेंटीमेंटलेस लाइफ़ इज़ ए डेज़र्ट ह्वेयर ग्रास डज़ नॉट ग्रो।’’

बहन संशोधन करती कि ‘इज़ नॉट ग्रो’ नहीं, ‘डु नाट ग्रो’ होना चाहिए, ग्रास ‘सिंगुलर’ नहीं ‘प्लूरल’ है। मैं उसके हाथ पर मुक्का मार देता कि कल ए.बी.सी. सीखने वाली लड़की आज मेरी अँग्रेज़ी दुरुस्त करती है। वह मेरे बाल पकड़ लेती कि एक साल छोटा होकर यह लड़का बड़ी बहन के हाथ पर मुक्का मारता है! मगर जब मास्टरजी फ़ैसला कर देते कि ‘डू नॉट ग्रो’ नहीं, ‘डज़ नॉट ग्रो’ ठीक है तो मैं अपने अँग्रेज़ी के ज्ञान पर फूल उठता और बहन का चेहरा लटक जाता, हालाँकि मार-पीट के मामले में डाँट मुझी को पड़ती।

मास्टरजी के आने का समय जितना निश्चित था, जाने का समय उतना ही अनिश्चित था। वे कभी डेढ़ घंटा और कभी दो घंटे पढ़ाते रहते थे। पढ़ते-पढ़ते पाँच बजने को आ जाते तो मेरे लिए ‘नाउन’ और ‘एडजेक्टिव’ में फ़र्क करना मुश्किल हो जाता। मैं जम्हाइयाँ लेता और बार-बार ऊबकर घड़ी की तरफ़ देखता। मगर मास्टरजी उस समय ‘पास्ट पार्टीसिपल’ और ‘परफ़ेक्ट पार्टीसिपल’ जैसी चीज़ों के बारे में जाने क्या-क्या बता रहे होते! पढ़ाई हो चुकने के बाद वे दस मिनट हमें जीवन के सम्बन्ध में शिक्षा दिया करते थे। वे दस मिनट बिताना मुझे सबसे मुश्किल लगता था। वे पानी के छोटे-छोटे घूँट भरते और जोश में आकर सुन्दर और असुन्दर के विषय में जाने क्या कह रहे होते और मैं अपनी कॉपी घुटनों पर रखे हुए उसमें लिखने लगता :

‘‘सुन्दर मुन्दरियो हो!’’

तेरा कौन बिचारा, हो!

दुल्ला भट्टीवाला, हो!

बहन का ध्यान भी मेरी कापी पर होता क्योंकि वह आँख के इशारे से

मुझे यह सब करने से मना करती। कभी वह इशारे से धमकी देती कि मास्टरजी से शिकायत कर देगी। मैं आँखों-ही-आखों में उसकी खुशामद कर लेता। जब मास्टरजी का सबक खत्म होता और उनकी कुर्सी 'च्यां' की आवाज़ करती हुई पीछे को हटती, तो मेरा दिल खुशी से उछलने लगता। सीढ़ियों पर खट्-खट् की आवाज़ समाप्त होने से पहले ही मैं पतंग और डोर लिए हुए कोठे पर पहुँच जाता और 'आ बोऽऽ काटाऽऽ काटाऽऽ ईऽऽ बोऽऽ!' का नारा लगा देता।

मास्टरजी के बारे में हम ज़्यादा नहीं जानते थे—यहाँ तक कि उनके नाम तक का भी नहीं पता था। एक दिन अचानक ही वे पिताजी के पास बैठक में आ पहुँचे थे। उन्होंने कहा था कि एक भी पैसा पास न होने से वे बहुत तंगी में हैं, मगर वे किसी से ख़ैरात नहीं लेना चाहते, काम करके रोटी खाना चाहते हैं। उन्होंने बताया कि उन्होंने कलकत्ता यूनिवर्सिटी से बी.एल. किया है और बच्चों को बँगला और अँग्रेज़ी पढ़ा सकते हैं। पिताजी हम दोनों की अँग्रेज़ी की योग्यता से पहले ही आतंकित थे, इसलिए उन्होंने उसी समय से उन्हें हमें पढ़ाने के लिए रख लिया। कुछ दिनों बाद वे उन्हें और ट्यूशन दिलाने लगे, तो मास्टरजी ने मना कर दिया। हमारे घर से थोड़ी दूर एक गन्दी-सी गली में चार रुपये महीने की कोठी को लेकर रहने लगे थे। वह प्रश्न पूछने पर भी नहीं बताते थे कि बी.एल. करने के बाद उन्होंने प्रैक्टिस क्यों नहीं की और घर-बार छोड़कर गेरुआ क्यों धारण कर लिया। वे बस उत्तेजित-से पढ़ाने आते और उसी तरह उत्तेजित-से उठकर चले जाते।

एक दिन घड़ी ने तीन बजाए तो हम लोग रोज़ की तरह भागकर बैठक में पहुँच गए और दम साधकर अपनी-अपनी कुर्सी पर बैठ गए। मगर काफ़ी समय गुज़र जाने पर भी सीढ़ियों पर खट्-खट् की आवाज़ सुनाई नहीं दी। एक मिनट, दो मिनट, दस मिनट! हम लोगों को हैरानी हुई—मुझे खुशी भी हुई। चार महीने में मास्टरजी ने पहली बार छुट्टी की थी। इस खुशी में मैं अँग्रेज़ी की कॉपी में थोड़ी ड्राइंग करने लगा। बहन से बी और एफ हमेशा एक-से लिखे जाते थे—वह उनके अन्तर को पकाने लगी। मगर यह खुशी ज़्यादा देर नहीं रही। सहसा सीढ़ियों पर खट्-खट सुनाई देने लगी, जिससे हम चौंक गए और निराश भी हुए। मास्टरजी अपने रोज़ के कपड़ों के ऊपर एक छोटा गेरुआ कम्बल लिए बैठक में पहुँच गए। मैंने उन्हें देखते ही अपनी बनाई हुई ड्राइंग फाड़ दी। वे हाँफते-से आकर आरामकुर्सी पर बैठ गए और दो घूँट पानी पीने के बाद पोइट्री की किताब खोलकर पढ़ाने लगे :

''टेल मी नॉट इन मोर्नफुल नंबर्ज़

लाइफ इज़ ऐन एम्टी ड्रीम...!''

मैंने देखा, उनका सारा चेहरा एक बार पसीने से भीग गया और वे सिर से पैर तक काँप गए। कुछ देर वे चुप रहे। फिर उन्होंने गिलास को छुआ, मगर उठाया नहीं। उनका सिर झुककर बाँहों में आ गया और कुछ देर वहीं पड़ा रहा। उस समय ऐसा लगा, जैसे मेरे सामने सिर्फ़ कम्बल में लिपटी हुई एक गाँठ ही पड़ी हो। जब उन्होंने चेहरा उठाया, तो मुझे उनकी नाक और आँखों के बीच की झुर्रियाँ बहुत गहरी लगीं। उनकी आँखें झपतीं और कुछ देर बन्द ही रहतीं। फिर जैसे प्रयत्न से खुलतीं। वह होंठों पर ज़बान फेरकर फिर पढ़ाने लगते :

''फ़ार द सोल इज़ डेड देट स्लम्बर्ज़

एंड थिंग्ज़ आर नॉट ह्वाट दे सीम!''

मगर उसके साथ उनका सिर फिर झुक जाता। मैंने डरी हुई-सी नज़र से बहन की तरफ़ देखा।

''मास्टरजी, आज आपकी तबीयत ठीक नहीं है।'' बहन ने कहा, ''आज हम और नहीं पढ़ेंगे।''

नहीं पढ़ेंगे—यह सुनकर मेरे दिल में खुशी की लहर दौड़ गई। मगर उस हिलती हुई गठरी को देखकर डर भी लग रहा था। मास्टरजी ने आँखें उठाईं और धीरे-से कुछ कहा। फिर उन्होंने पुस्तक की तरफ़ हाथ बढ़ाया तो बहन ने पुस्तक खींच ली। कुछ देर मास्टरजी हम लोगों की तरफ़ देखते रहे—जैसे हम उनसे बहुत दूर बैठे हों और वे हमें ठीक से पहचान न पा रहे हों। फिर एक लम्बी साँस लेकर चलने के लिए खड़े हुए।

पूरे चार सप्ताह वे टाइफाइड में पड़े रहे।

उन दिनों मेरी ड्यूटी लगाई गई कि मैं उनकी कोठरी में जाकर उन्हें सूप वगैरा दे आया करूँ। वैद्यजी के पास जाकर उनकी दवाई-अवाई भी मुझे ही लानी होती थी। मेरा काफी समय उनकी कोठरी में बीतता। वे अपने कम्बल में लिपटकर चारपाई पर लेटे हुए ''हाय-हाय' करते रहते और मैं ऊपर-नीचे होते हुए कम्बल के रोयों को देखता रहता। कभी मिट्टी के फ़र्श पर या स्याह पड़ी हुई दीवारों पर उँगली से तस्वीरें बनाने लगता। कोठरी निहायत बोसीदा थी और उसमें चारों तरफ़ से पुराने सीलन की गन्ध आती थी। दीवारों का पलस्तर जगह-जगह से उखड़ गया था। मुझे उस पलस्तर में तरह-तरह के चेहरे नज़र आते। पलस्तर

का कोई टुकड़ा झड़कर खप-से नीचे आ गिरता तो मैं, ऐसे चौंक जाता जैसे मेरी आँखों के सामने किसी मुर्दा चीज़ में जान आ गई हो। कभी मैं उठकर खिड़की के पास चला जाता। खिड़की में सलाखों की जगह बाँस के टुकड़े लगे थे। गली में उठती हुई भयानक दुर्गन्ध से दिमाग़ फटने लगता। वह गली जैसे शहर का कूड़ाघर थी। एक मुर्गा गली के कूड़े को अपने पैरों से बिखेरता रहता और हर आठ-दस मिनट के बाद ज़ोर से बाँग दे देता।

मास्टरजी के पास ज़्यादा समान नहीं था। पर जो कुछ भी था, उसे देखने को मेरे मन में बहुत उत्सुकता रहती थी। एक दिन जब थोड़ी देर के लिए मास्टरजी की आँख लगी तो मैंने कोठरी के सारे समान की जाँच कर डाली। कपड़ों के नाम पर वही चन्द चीथड़े थे जो हम उनके शरीर पर देखा करते थे। डंडे और कमंडल के अतिरिक्त उनकी सम्पत्ति में कुछ पुरानी फटी हुई पुस्तकें थीं जिनमें से केवल भगवद्गीता का शीर्षक ही मैं पढ़ सका। शेष पुस्तकें बँगला में थीं। एक पुस्तक के बीच में एक लिफ़ाफ़ा रखा था जिस पर सात साल पहले की हावड़ा और मिदनापुर की मोहरें लगी थीं। मैंने डरते-डरते लिफ़ाफ़े में से पत्र निकाल लिया। वह भी बँगला में था। बीच में कोई-कोई शब्द अँग्रेज़ी का था—स्टैंडर्ड... मीन्ज़...ओवर-कान्फिडेंस...डिस्गस्टिंग...हेल... मैंने जल्दी से पत्र वापस लिफ़ाफ़े में रख दिया। पुस्तकों के अतिरिक्त कुछ पुराने और नए फुलस्केप काग़ज़ थे जिस पर बँगला और अँग्रेज़ी में बहुत कुछ लिखा हुआ था। वे काग़ज़ अभी मेरे हाथों में ही थे कि मास्टरजी की आँख खुल गई और वे खाँसते हुए उठकर बैठ गए। मैं काँपते हुए हाथों से काग़ज़ रखने लगा तो वे पहले मुस्कराए, फिर हँसने लगे।

“इन्हें इधर ले आओ।” वे बोले।

मैं अपराधी की तरह काग़ज़ लिए हुए उनके पास चला गया। उन्होंने काग़ज़ मुझसे ले लिए और मुझे पास बिठाकर मेरी पीठ पर हाथ फेरने लगे।

“जानते हो इन काग़ज़ों में क्या है?” उन्होंने बुख़ार के कारण कमज़ोर आवाज़ में पूछा।

“नहीं।” मैंने सिर हिलाया

“यह मेरी सारी ज़िन्दगी की पूँजी है।” उन्होंने कहा और उन काग़ज़ों को छाती पर रखे हुए लेट गए। लेटे-लेटे कुछ देर उन्हें उलट-पुलट कर देखते रहे, फिर उन्होंने उन्हें अपनी दाईं ओर रख लिया। कुछ देर वे अपने में खोए रहे और जाने क्या सोचते रहे। फिर बोले, “बच्चे, जानते हो, मनुष्य जीवित क्यों रहना चाहता है?”

मैंने सिर हिला दिया कि मैं नहीं जानता।

''अच्छा, मैं तुम्हें बताऊँगा कि मनुष्य क्यों जीवित रहना चाहता है और कैसे जीवित रहता है। मैं तुम्हें और भी बहुत कुछ बताना चाहता हूँ, मगर अभी तुम छोटे हो। ज़रा बड़े होते तो...। ख़ैर...अब भी जो कुछ बता सकता हूँ, ज़रूर बताऊँगा। तुम मेरे लिए बच्चे की तरह हो—तुम दोनों ही मेरे बच्चे हो।''

उन्होंने मेरा हाथ पकड़ लिया। मेरा दिल बैठने लगा कि वे जो कुछ बताना चाहते हैं, उसी समय न बताने लगें क्योंकि मैं जानता था कि वे जो कुछ भी बताएँगे वह ऐसी मुश्किल बात होगी कि मेरी समझ में नहीं आएगी। समझने की कोशिश करूँगा, तो कई मुश्किल शब्दों के अर्थ सीखने पड़ेंगे। मेरा अनुभव कहता था कि शब्द ख़ुद जितना मुश्किल होता है, उसके हिज्जे उससे भी ज़्यादा मुश्किल होते हैं। हिज्जों से मैं बहुत घबराता था।

मगर उस समय उन्होंने और कुछ नहीं कहा। सिर्फ़ मेरा हाथ पकड़ कर लेटे रहे।

अच्छे होकर जब वे हमें फिर पढ़ाने आने लगे, तो उन्होंने कहा कि अब से वे अँग्रेज़ी के अतिरिक्त थोड़ी-थोड़ी बँगला भी सिखाएँगें क्योंकि बँगला सीखकर हम उनके विचारों को ठीक से समझ सकेंगे। अब वे तीन बजे आते और साढ़े पाँच-छह बजे तक बैठे रहते। मैं साढ़े-तीन, चार बजे से ही घड़ी की तरफ़ देखना आरम्भ कर देता और जाने किस मुश्किल से वह सारा वक़्त काटता। उनकी दो महीने की जी-तोड़ मेहनत से हम बहन-भाई इतनी ही बँगला सीख पाए कि एक-दूसरे को बजाय तुम के 'तूमि' कहने लगे। वह कहती, ''तूमि मेरी कापी का बरका न फाड़ो!''

और मैं कहता, ''तूमि बकवास मत करो।''

हमारी इस प्रगति से मास्टरजी बहुत निराश हुए और कुछ दिनों बाद उन्होंने हमें बंगला सिखाने का विचार छोड़ दिया। अनुवाद के लिए अब वे पहले से भी मुश्किल पैसेज लिखाने लगे, मगर इससे सारा अनुवाद उन्हें ख़ुद ही करना पड़ता। उस माध्यम से भी हमें बड़ी-बड़ी बातें सिखाने का प्रयत्न करके जब वे हार गए, तो उन्होंने एक और उपाय सोचा। वे फुलस्केप काग़ज़ बीच में से आधे-आधे फाड़कर उन पर दोनों ओर पेंसिल से अँग्रेज़ी में बहुत कुछ लिखकर लाने लगे। बहन के लिए वे अलग काग़ज़ लाते और मेरे लिए अलग। उनका कहना था कि वे रोज़ उन काग़ज़ों में हमको एक-एक नया विचार देते हैं, जिसे

हम अभी चाहे न समझें, बड़े होने पर ज़रूर समझ सकेंगे, इसलिए हम उन काग़ज़ों को अपने पास सँभालकर रखते जाएँ। पहले छह-आठ दिन तो हमने काग़ज़ों की बहुत सँभाल रखी, मगर बाद में इन्हें सँभालकर रखना मुश्किल होने लगा। अक्सर बहन मेरे काग़ज़ कहीं से गिरे हुए उठा लाती और कहती कि कल वह मास्टरजी से शिकायत करेगी। मैं मुँह बिचका देता। एक दिन मैंने देखा, अलमारी में सिर्फ़ बहन के काग़ज़ ही तह किए रखे हैं, मेरा कोई काग़ज नहीं है। चारों तरफ़ खोज करने पर भी मुझे अपने काग़ज़ नहीं मिले, तो मैंने बहन के सब पुलिन्दे भी उठाकर फाड़ दिए। इस पर बहन ने मेरे बाल नोच लिए। मैंने उसके बाल नोच लिए। उस दिन से हम दोनों इस ताक में रहने लगे कि कब मास्टरजी के दिए हुए एक के काग़ज़ दूसरे के हाथ में लगें कि वह उन्हें फाड़ दे। मास्टरजी से काग़ज़ लेते हुए हम चोर-आँख से एक-दूसरे की तरफ़ देखते और मुश्किल से अपनी मुसकराहट दबाते। मास्टरजी किसी-किसी दिन अपने पुराने काग़ज़ के पुलिन्दे साथ ले आते थे और वहीं बैठ कर उनमें से हमारे लिए कुछ हिस्से नकल करने लगते थे। हम दोनों उतनी देर कापियों पर इधर-उधर रिमार्क लिखकर आपस में कॉपियाँ तब्दील करते रहते। इधर मास्टरजी वे पुलिन्दे हमारे हाथों में देकर सीढ़ियों से उतरते, उधर हमारी आपस में छीना-झपटी आरम्भ हो जाती और हम एक-दूसरे के काग़ज़ को मसलने और नोचने लगते। अक्सर इस बात पर हमारी लड़ाई हो जाती कि मास्टरजी एक को अठारह और दूसरे को चौदह पन्ने क्यों दे गए हैं।

परीक्षा में अब थोड़े ही दिन रह गए थे। पिताजी ने एक दिन हमसे कहा कि हम मास्टरजी को अभी से सूचित कर दें कि जिस दिन हमारा अँग्रेज़ी का बी पेपर होगा उस दिन तक तो हम उनसे पढ़ते रहेंगे मगर उसके बाद...। उस दिन मास्टरजी के आने तक हम आपस में झगड़ते रहे कि हममें से कौन उनसे यह बात कहेगा। आख़िर तीन बज गए और मास्टरजी आ गए। उन्होंने हमेशा की तरह घड़ी की तरफ़ देखा, 'त्वत् च्चत्' की आवाज़ के साथ सिर को झटका दिया और पानी का एक घूँट पीकर पोइट्री की किताब खोल ली। हम दोनों ने एक-दूसरे की तरफ़ देखा और आँखें झुका लीं।

''मास्टरजी!'' बहन ने धीरे-से कहा।

उन्होंने आँखें उठाकर उसकी तरफ़ देखा और पूछा कि क्या बात है—उसकी तबीयत तो ठीक है?

बहन ने एक बार फिर मेरी तरफ़ देखा, मगर मेरी आँखें ज़मीन में धँसी रहीं।

''मास्टरजी, पिताजी ने कहा है...'' और उसने रुकते-रुकते बात उन्हें बता दी।

''क्या मैं नहीं जानता?'' माथे पर त्यौरियाँ डालकर सहसा उन्होंने कड़े शब्दों में कहा, ''मुझे यह बताने की क्या ज़रूरत थी?'' और वे जल्दी-जल्दी कविता की पंक्तियाँ पढ़ने लगे :

''शेड्स ऑफ़ नाइट वर फ़ालिंग फास्ट।

द्रेन थ्रू ऐन एल्पाइन विलेज पास्ट।

ए यूथ...''

सहसा उनका गला भर्रा गया। उन्होंने जल्दी-से दो घूँट पानी पिया और फिर पढ़ने लगे :

''शेड्स ऑफ नाइट वर फ़ालिंग फ़ास्ट!...''

उस दिन पहली बार उन्होंने जाने का समय जानने के लिए भी घड़ी की तरफ़ देखा। पूरे चार बजते ही वे काग़ज़ समेटते हुए उठ खड़े हुए। अगले दिन आए तो आते ही उन्होंने हमारी परीक्षा की डेटशीट देखी और बताया कि जिस दिन हमारा बी पेपर होगा उसी दिन वह वहाँ से चले जाएँगे। उन्होंने निश्चय किया था कि वे कुछ दिन जाकर गरुड़चट्टी में रहेंगे, फिर उससे आगे घने पहाड़ों में चले जाएँगे, जहाँ से फिर कभी लौटकर नहीं आएँगे। उस दिन उनसे पढ़ते हुए न जाने क्यों मुझे उनके चेहरे से डर लगता रहा।

हमारा बी पेपर हो गया। मास्टरजी ने काँपते हाथों से हमारा पर्चा देखा। उन्होंने जो-जो पूछा, मैंने उसका सही जवाब बता दिया। मैं हाल से निकलकर हर सवाल के सही जवाब का पता कर आया था। बहन जवाब देने में अटकती रही। मास्टरजी ने मेरी पीठ थपथाई, पानी पिया और चले गए। मगर शाम को वे फिर आए। पिताजी से उन्होंने कहा कि वे जाने से पहले एक बार बच्चों से मिलने आए हैं। हम लोगों को अन्दर से बुलाया गया। मास्टरजी ने हमसे कोई बात नहीं की, सिर्फ़ हमारे सिर पर हाथ फेरा और 'अच्छा...' कहकर चल दिए। हम लोग उनके साथ-साथ ड्योढ़ी तक आए। वहाँ रुककर उन्होंने मेरी ठोड़ी को छुआ और कहा, ''अच्छा, मेरे बच्चे!—'' और काँपते हाथ से उन्होंने किसी तरह अपना भूरा-सा फाउंटेन पेन जेब से निकाला और मेरे हाथ में दे दिया।

''रख लो, रख लो!'' उन्होंने ऐसे कहा जैसे मैंने उसे लेने से इनकार किया हो, ''बहुत अच्छा तो नहीं है, मगर काम करता है। मुझे तो अब इसकी ज़रूरत नहीं पड़ेगी। तुम अपने पास रख छोड़ना...या फेंक देना...।''

उनकी आँखें भर आई थीं इसीलिए उन्होंने मुस्कराने का प्रयत्न किया और मेरा कन्धा थपथपाकर खट्-खट् सीढ़ियाँ उतर गए। बहन ईर्ष्या की दृष्टि से मेरे हाथ में उस फाउंटेन पेन को देख रही थी। मैंने उसे अँगूठा दिखाया और पेन खोलकर उसके निब की जाँच करने लगा।

मगर उसके कुछ ही दिन बाद वह निब मुझसे टूट गई—और फिर वह पेन भी जाने कहाँ खो गया।

पाँचवे माले का फ़्लैट

आवाज़ ठीक सुनी थी। साफ़ नाम लेकर पुकारा था, "अविनाश!"

पर सोचा, ग़लतफ़हमी हुई है। पुकारने को राह चलती भीड़ में कोई भी पुकार सकता है, पर यहाँ इस नाम से जानता कौन है? जो भी जानता है, घिसे-पिटे दफ्तरी नाम से ही जानता है। ए. कपूर के ए को कोई गिनती में नहीं लाता। ए का मतलब अविनाश है या अशोक, यह जानने की ज़रूरत किसी को नहीं। कामकाजी ज़िन्दगी में सब काम कपूर से चल जाते हैं। जो अधूरापन रहता है, वह मिस्टर या साहब से पूरा हो जाता है। 'क्या हाल-चाल हैं, मिस्टर कपूर?' 'कहिए कपूर साहब, क्या हो रहा है आजकल?'

मगर नाम साफ़ सुना था।...

भीड़ बहुत थी। सोचा, इसलिए ग़लतफ़हमी हुई होगी। या इसलिए कि फरवरी की हवा में बसन्त की हल्की ताज़गी महसूस हो रही थी। जाने कैसे यों तो सिवाय गर्मी और बरसात के इस शहर में मौसम का पता ही नहीं चलता। आसमान बादलों से न घिरा हो, तो हल्का सिलेटी बना रहता है। बरसों के इस्तेमाल से उड़ा-उड़ा, फीका-फीका-सा एक रंग नज़र आता है। हवा चलती है, तो खूब तेज़ चलती है। नहीं चलती, तो नहीं ही चलती—समुद्र के ज्वार-भाटे का-सा अन्दाज़ रहता है उसका। दिन और रात में भी ज़्यादा फ़र्क नहीं होता—सिवाय अँधेरे और रोशनी के। जहाँ दिन में अँधेरा रहता है, वहाँ रात को रोशनी हो जाती है; जहाँ दिन में रोशनी रहती है, वहाँ रात को अँधेरा हो जाता है। खाना न इस मौसम में पचता है, न उस मौसम में। मगर फरवरी की वह शाम अपने में कुछ अलग-सी थी। हवा में बसन्त का हल्का आभास ज़रूर था और पश्चिम का आकाश भी और दिनों से सुन्दर लग रहा था। साढ़े सात बजते-बजते भूख भी लग आई थी। मैं राह चलते लोगों को देख रहा था और हेल मछलियों की बात सोच रहा था। मन हो रहा था कि कहीं अच्छी करारी मूँगफली मिल जाएँ, तो पाँच पैसे की ले ली जाएँ।

पुकारा किसी ने अविनाश को ही था। अपने लिए विश्वास इसलिए भी नहीं हुआ कि आवाज़ किसी लड़की की थी—लड़की की या स्त्री की। दोनों में फ़र्क होता है, मगर बहुत नहीं। इतने महीन फ़र्क को समझने के लिए बहुत अभ्यास की ज़रूरत है।

बम्बई शहर और मेरीन ड्राइव की शाम। ऐसे में अपने को पुकारे एक लड़की! होने को कुछ भी हो सकता है, पर अपने साथ अक्सर नहीं होता।

जैसे चल रहा था, दस-बीस कदम और चलता गया। मुड़कर पीछे न देखता, तो न भी देखता। पर अचानक, यों ही, उत्सुकतावश कि जाने अपने को ही किसी ने पुकारा हो, घूमकर देख लिया। एक हाथ को अपनी तरफ़ हिलते देखा, तो अविश्वास और बढ़ गया। बढ़ने के साथ ही अचानक दूर हो गया। चेहरा बहुत परिचित था। पहचानने में इतनी देर नहीं लगी जितनी कि चेहरे से ज़ाहिर थी। दरअसल हैरानी यह हुई कि वह फिर से यहाँ कैसे!

भेल और नारियल वालों से बचता हुआ उसकी तरफ़ बढ़ा। आवाज़ देने के बाद वह जहाँ की तहाँ रुक गई थी। उसके बाद उसे पहचानने और उस तक पहुँचने की सारी ज़िम्मेदारी जैसे मेरे ऊपर हो। पास पहुँच जाने पर भी अपनी जगह से एकदम नहीं हिली। दूर था, तो बन्द होंठो से मुस्करा रही थी; पास पहुँचा तो खुले होंठों से मुस्कराने लगी, बस। भौंहों पर आई-ब्रो पेंसिल की गहराई को चमकाती हुई बोली, ''पहचाना नहीं?''

कैसे कहता कि सवाल बेवकूफाना है। न पहचानता तो इतना रास्ता चलकर आता? सिर्फ़ इतना कहने के लिए कि 'माफ कीजिएगा, मैंने आपको पहचाना नहीं', कौन तीस गज़ चलकर आता है। मन में जितनी कुढ़न हुई, आवाज़ को उतना ही मुलायम रखकर मैंने कहा, ''तुम्हें क्या लगता है, नहीं पहचाना?''

वह हँस दी, जाने आदत से या खुशी से। मैं मुस्करा दिया, बिना किसी भी वजह के?

''पहले से काफी बड़े नज़र आने लगे हो।'' उसने कहा और अपना पर्स हिलाने लगी—शायद यह साबित करने के लिए कि वह खुद अभी उतनी ही शोख़ और कमसिन है। पहले सोचा कि उसे सच-सच बता दूँ कि वह कैसी नज़र आती है। पर शराफत के तकाज़े ने वही बात कह दी जो वह सुनना चाहती थी, ''तुममें इस बीच ख़ास फ़र्क नहीं आया।''

वह फिर हँस दी। मैं फिर मुस्करा दिया, पर इस बार बिना वजह के नहीं।

उसने पर्स हिलाना बन्द कर दिया और उसमें से मूँगफली निकाल ली।

कुछ दाने मुँह में डाल लिए और बाकी मेरी तरफ़ बढ़ाकर बोली, ‘‘अब तक अकेले ही हो?’’

जल्दी से कोई जवाब नहीं सूझा। पहले चाहा कि झूठ बोल दूँ। फिर सोचा कि सच बता दूँ। मगर मन से झूठ-सच दोनों के लिए हामी नहीं भरी। कहीं से यह घिसी-पिटी बात लाकर ज़बान पर रख दी, ‘‘अकेला तो वह होता है जो अकेलेपन को महसूस करे।’’

उसे पर्स में और दाने नहीं मिल रहे थे। कुछ देर इधर-उधर टटोलती रही। किसी कोने में दो-चार दाने हाथ लग गए, तो उसकी आँखें खुशी से चमक उठीं। निकालकर एक-एक करके चबाने लगी।

उसके दाँत अब भी उसी तरह तीखे थे। मूँगफली निगलते हुए गरदन पर उसी तरह लकीरें बनती थीं। ‘‘अच्छा है, तुम महसूस नहीं करते!’’ उसने कहा और दाने चबाती रही।

मैं उसका नाम याद करने की कोशिश कर रहा था। बहुत दिन वह नाम ज़बान पर रहा था। ऐसे नामों में से था, जो कि बहुत-सी लड़कियों का होता है। हर तीसरे घर में उस नाम की एक लड़की मिल जाती है उन दिनों छह-सात साल पहले, लगातार बीस-बाईस दिन उन लोगों से मिलना-जुलना रहा था। वे दो बहनें थीं, हालाँकि शक्ल-सूरत से कज़िन भी नहीं लगती थीं। बड़ी के चेहरे की हड्डियाँ चौकोर थीं, छोटी के चेहरे की सलीबनुमा। रंग दोनों का गोरा था, मगर छोटी ज़्यादा गोरी लगती थी। आँखें दोनों की बड़ी-बड़ी थीं, मगर छोटी की ज़्यादा बड़ी जान पड़ती थीं। बातूनी दोनों ही थीं, पर छोटी का बातूनीपन अखरता नहीं था। छोटी का नाम था प्रमिला, उर्फ़ पम्मी, उर्फ़ मिस पी.। और बड़ी का नाम था कि याद ही नहीं आ रहा था। जिन दिनों उनसे परिचय हुआ, बड़ी की शादी होकर तलाक हो चुका था। इसलिए वह ज़्यादा बचपने की बातें करती थी। हर बात में दस बार अपना नाम लेती थी। ‘‘मैंने अपने से कहा, ‘‘सरला...’’ हाँ, सरला नाम था। कहा करती थी, ‘‘मैंने कहा, सरला, तू हमेशा इसी तरह बच्ची की बच्ची ही बनी रहेगी!’’

अपना नाम उसे पसन्द नहीं था, क्योंकि स्पेलिंग बदलकर उसमें अँग्रेज़ियत नहीं लाई जा सकती थी। प्रमिला कभी एक को ओ में बदलकर प्रोमिला हो जाती थी, कभी आर ड्राप करके पामेला बन जाती। इसे प्रमिला से इस बात की भी जलन थी कि वह अभी कुँआरी क्यों है। मिलने-जुलने वाले लोग बात इससे करते थे, ध्यान उनका प्रमिला की तरफ़ रहता था।

“प्रमिला से मिलोगे?” उसने पूछा।

“वह भी यहीं है?” मैंने पूछा।

“हम दोनों साथ ही आई हैं।” उसने कहा, “सतीश को जहाज़ पर चढ़ना था। उसने आज जर्मनी के लिए सेल किया है। वहाँ लोकोमोटिव इंजीनियरिंग के लिए गया है।”

“सतीश—?” दिमाग़ पर ज़ोर देने पर भी उस नाम के आदमी की शक्ल याद नहीं आई।

“तुम्हें सतीश की याद नहीं?” वह बहुत हैरान हुई। पल-भर ज़बान से लिपस्टिक को चाटती रही। “हमारा छोटा भाई सतीश—तुम तो उसके साथ रात-रात-भर ताश खेला करते थे।”

ताश ज़रूर खेला करता था पर जानता तब उसे सत्ती के नाम से था। यह कब सोचा था कि सात साल में सत्ती साहब बड़े होकर सतीश हो जाएँगे और उठकर लोकोमोटिव इंजीनियरिंग के लिए जर्मनी को चल देंगे।

“हाँ, याद क्यों नहीं है?” बहुत स्वाभाविकता से मैंने कहा, “सतीश को मैं भूल सकता हूँ?” भूलना सचमुच आसान नहीं था, ख़ास तौर से उसकी खदरी नाक की वजह से।

“प्रमिला फोर्ट में शॉपिंग कर रही है।” वह बोली, “मेरा दुकानों में दम घुटता था, इसलिए हवा लेने इधर चली आई थी।” हवा के झोंके से उसने अपना पल्ला कन्धे से सरक जाने दिया। उँगलियाँ इस तरह ब्लाउज़ के बटनों पर रख लीं जैसे उन्हें भी खोल देना हो। “आज गर्मी बहुत है!”—यह इस तरह कहा जैसे शहर का तापमान ठीक रखने की ज़िम्मेदारी बात सुनने वाले पर हो। फिर शिकायत का दूसरा पहलू पेश किया, “दिल्ली में फरवरी का महीना कितना अच्छा होता है!”

वह मुकाम आ गया था जहाँ ‘अच्छा फिर मिलेंगे’ कहकर एक-दूसरे से अलग हो जाना होता है। चाहता तो मैं खुद ही कह सकता था पर तकक्लुफ़ में उसके कहने की राह देखता रहा। उसने भी नहीं कहा। उसका शायद इस तरफ़ ध्यान ही नहीं गया। बेतक़ल्लुफ़ी से उसने मेरी कुहनी अपने हाथ में ले ली और बोली, “चलो फ्लोरा फाउंटेन चलते हैं। पम्मी ने कहा था। आठ बजे मैं उसे वोल्गा के बाहर मिल जाऊँ। तुम्हें साथ देखकर उसे बहुत खुशी होगी।”

पम्मी को पहचानने में थोड़ी दिक्कत हुई—मतलब मुझे दिक्कत हुई। वह

तो जैसे देखने से पहले ही पहचान गई। ''ओह!'' उसने चौंककर कहा, ''अविनाश, तुम! बम्बई में ही हो तब से?''

उसके चेहरे का सलीब जाने कहाँ गुम हो गया था। गालों में इतनी गोलाई भर आई थी कि हड्डियों का कुछ पता ही नहीं चलता था। सिर्फ़ ठोड़ी का गड्ढा उसी तरह था। बाँहें वज़न से पहले से दुगनी नहीं तो ड्योढ़ी ज़रूर हो गई थीं। बाकी सब साइज़ साड़ी में ढके हुए थे। हर लिहाज़ से बड़ी बहन अब वही लगती थी।

बोलना चाहा तो जल्दी से ज़बान नहीं हिली। हाथ एक-दूसरे में उलझकर रह गए। अपना खड़े होने का ढंग बिल्कुल ग़लत जान पड़ा। ''हाँ, यहीं हूँ।'' इस तरह कहा कि ख़ुद अपने को हँसी आने को हुई। पर वह सुनकर सीरियस हो गई।

कोफ्त हुई कि क्यों तब से यहीं हूँ। कोई भला आदमी इतने साल एक शहर में रहता है? कहीं और चला गया होता तो वह इतनी सीरियस तो न होती।

''उसी फ़्लैट में?'' उसने दूसरा नज़ला गिराया। एक शहर में रहे जाना किसी हद तक बरदाश्त हो सकता है। मगर उसी फ़्लैट में बने रहना हरगिज़ नहीं! ख़ास तौर से जब फ़्लैट उस तरह का हो।...

समझ में नहीं आ रहा था किस टाँग पर वज़न रखकर बात करूँ। दोनों ही टाँगें ग़लत लग रही थीं। पहनी हुई पतलून भी ग़लत लग रही थी। उसकी क्रीज़ ठीक नहीं थी। पहले पता होता तो दूसरी पतलून पहनकर आता। कमीज़ का बीच का बटन टूटा हुआ था। पता होता तो बटन लगा लिया होता। मुँह से कहना मुश्किल लगा कि हाँ, अब तक उसी फ़्लैट में हूँ। सिर्फ़ सिर हिला दिया।

''उसी पाँचवे माले के फ़्लैट में?'' पता नहीं उसे जानकर खुशी हुई या बुरा लगा। यह शिकायत उसे उन दिनों भी थी। उसी खुशी और नाराज़गी में फ़र्क का पता ही नहीं चलता था।

जेब में ढूँढ़ा, शायद चारमीनार का कोई सिगरेट बचा हो। नहीं था। अनजाने में दियासलाई की डिबिया बाहर आ गई, फिर शर्मिंदा होकर वापस चली गई। ''हाँ, उसी फ्लैट में।'' किसी तरह लफ़्ज़ों को मुँह से धकेला और सूखे होंठों पर ज़बान फेर ली। होंठ फिर भी तर नहीं हुए।

''अब भी उसी तरह पाँच मंज़िल जाना पड़ता है?'' बार-बार कुरेदने में जाने उसे क्या मज़ा आ रहा था। शायद चुइंग-गम नहीं थी, इसलिए मुँह चलाने के लिए ही पूछ रही थी। उन दिनों शायद चुइंग-गम बहुत खाती थी। कभी प्यार

से मुँह बनाती, तो भी लगता चुइंग-गम की वजह से ऐसा कर रही है। चेहरे का सलीब उससे और लम्बा लगता था। मैंने एकाध बार मज़ाक में कहा था कि वह बबल-गम खाया करे, तो उसका चेहरा गोल हो जाएगा। उसने शायद इस बात को सीरियसली ले लिया था।

‘‘हाँ,’’ मैंने मार खाए स्वर में कहा, ‘‘बिना चढ़े पाँचवीं मंज़िल पर कैसे पहुँचा जा सकता है?’’

‘‘सोच रही थी कि शायद अब तक लिफ्ट लग गई हो।’’

बहुत गुस्सा आया। लिफ्ट जैसे बाहर से लग जाती हो, या छतें फाड़कर लगाई जा सकती हो। लगनी होती तो शुरू से ही न लगी होती? कितनी-कितनी परेशानियाँ उससे बच जातीं। कम-से-कम उस एक दिन की घटना तो उस तरह होने से बच ही सकती थी।

‘‘जब तक मकान न टूटे, लिफ्ट कैसे लग सकती है?’’ अपनी तरफ़ से बहुत स्मार्ट बनकर कहा। सोचा कि अब वह इस बारे में और कुछ नहीं पूछेगी, पर उसने फिर भी पूछ लिया, ‘‘तो तुमने जगह बदल क्यों नहीं ली?’’

पीठ में खुजली लग रही थी, पर उसके सामने खुजलाते शरम आ रही थी। कमर और कंधों को ऐंठकर किसी तरह अपने पर काबू पाए रहा। ‘‘ज़रूरत ही नहीं समझी।’’ पीछे जाते हाथ को वापस लाकर कहा, ‘‘अकेले रहने के लिए जगह उतनी बुरी नहीं।’’

वह थोड़ा शरमा गई, जैसे कि बात मैंने उसे सुनाकर कही हो। गोल चेहरे पर झुकी-झुकी आँखें बहुत अच्छी लगीं। पहले उसकी आँखें इस तरह नहीं झुकती थीं। ‘‘अब तक शादी नहीं की?’ हाथ के पैकेटों की गिनती करते हुए उसने पूछा। आवाज़ से लगा, जैसे बहुत दूर चली गई हो। सवाल में लगाव ज़रा भी नहीं था। हैरानी, हमदर्दी कुछ नहीं। उत्सुकता भी नहीं। ऐसे ही जैसे कोई पूछ ले, ‘‘अब तक दाँत साफ नहीं किए?’’

मन छोटा हो गया। अफसोस हुआ कि अपने अकेलेपन का ज़िक्र क्यों किया? क्यों नहीं वक़्त निकल जाने दिया? अब जाने वह क्या सोचेगी? जाने उसकी वजह से...या जाने उस फ्लैट की वजह से...

पर अब चुप रहते बनता नहीं था। झक मारकर कहना पड़ा, ‘‘करनी होती तो तभी कर लेता!’’

उसने जिस तरह देखा, उसके कई मतलब हो सकते थे–‘‘तुम झूठ बोलते

हो, तुमसे किसी ने की ही नहीं, या कि देखती तुम किससे करते, या कि सच अगर तुम्हारी बिल्डिंग में लिफ़्ट लगी होती...''

''अब भी क्या बिगड़ा है?'' वह अपने पैकेटों को सहेजती हुई बोली, ''अभी इतने ज़्यादा बड़े तो नहीं हुए कि—'' अचानक बड़ी बहन ने आकर बात पूरी करने से बचा लिया। वह इस बीच न जाने कहाँ गुम हो गई थी। मुझे याद भी नहीं था कि वह साथ में है। आते ही उसने हाथ झाड़कर कहा, ''कहीं नहीं मिली।''

हमने हैरानी से उसकी तरफ़ देखा। उसने मुँह बिचका दिया, ''सारे बाज़ार में नहीं मिली।''

''कुछ चीज़?''

''मूँगफली, भुनी हुई मूँगफली! पता होता तो मेरीन ड्राइव से ख़रीद लाती।''

''अब उधर चलें?''

उसने छोटी बहन की तरफ़ देखा। छोटी बहन ने समर्थन नहीं किया, ''इतना सामान साथ में है। लिए-लिए कहाँ चलेंगे?''

'सामान आपस में बाँट लेते हैं।'' बड़ी बहन ने सादगी इस्तेमाल की, ''कुछ पैकेट अविनाश को दे दो। एकाध मुझे पकड़ा दो।''

''वापस पहुँचने में देर नहीं हो जाएगी?'' छोटी बहन ने दूसरा नुक्ता निकाला, ''रिश्तेदारी का मामला है। वे लोग मन में क्या सोचेंगे?''

''सोचते हैं, सोचते रहें!'' बड़ी बहन ने खुद ही पैकेटों का बँटवारा शुरू कर दिया, ''कल हमें चले जाना है। एक ही शाम तो है हमारे पास।''

फुटपाथ। गेडेस्ट्रियन क्रासिंग। डोंट क्रास! क्रास नाउ!

पैकेट लिए-लिए दो लड़कियों के आगे-पीछे चलना। (लड़कियाँ-सुविधा के लिए उन दिनों की याद में।) इन दोनों के आगे या पीछे रहना, बीच में आपस में बात करना। हँसना। प्रमिला का कहना : ''दीदी, तुम्हारा जवाब नहीं!'' दीदी का मुँह खोले आँखों से मुझसे काम्प्लिमेंट चाहना। कहना, ''आज शाम कितनी अच्छी है!'' मेरा तापमान को याद रखना। खिसियानी हँसी हँसना। बोलने के वक़्त चुप रहना, चुप रहने के वक़्त बोल पड़ना। हँसी की बात में सीरियस रहना, सीरियस बात में मुस्करा देना। सामने से आते परिचितों का मतलब-भरी नज़र से देखना। किसी का आँख मारना, किसी का रोककर पूछ लेना, ''मज़े हो रहे हैं, मज़े?''

जाने कैसा-कैसा लगा। जैसे बरसों से वे पैकेट उठाए हों। बरसों से वही फुटपाथ पैरों के नीचे हो, वही पेडेस्ट्रियन क्रासिंग सामने हो। डोंट क्रास! क्रास

नाउ! बरसों से वह कह रही हो, ''दीदी, तुम्हारा जवाब नहीं!'' पास से कोई पूछ रहा हो, ''मज़े हो रहे हैं, मज़े?''

एक मूँगफलीवाला इरोज़ के पास दिखाई दे गया। सरला फेन्स के नीचे से निकलकर सीधी उसकी तरफ़ चली गई। झपटती हुई जैसे कि उसके भाग जाने का डर हो। दो-एक कारवालों को ब्रेक लगानी पड़ी। एक ने घूरकर मेरी तरफ़ देख लिया। मैं दम साधे नाक की सीध में चलता रहा। प्रमिला ने चलते-चलते पूछ लिया, ''इस तरह खामोश क्यों हो?''

''खामोश? नहीं तो।'' कहकर मैं सीटी बजाने लगा।

''हमने तुम्हें बोर तो नहीं किया?''

अपने पर गुस्सा आया, क्यों उसे ऐसा महसूस करने दिया? क्यों नहीं कुछ-न-कुछ बात कर रहा? कितनी ही बार सोचा था कि उनसे कहीं चलकर चाय पीने को कहूँ। पर डर था कि पैसे कम न पड़ें। पहले पता होता तो किसी से उधार माँग लेता या पहली तारीख को बचाकर रखता। हमेशा ज़रूरत के वक़्त ही पैसे कम पड़ते थे। तब भी तो यही हुआ था। उस दिन ताश में पैसे न हारे होते तो...

सरला ने मूँगफली लेकर बटुए में भर ली थी। अब एक-एक दाना निकालकर खा रही थी। बीच-बीच में हम लोगों की तरफ़ देख लेती थी, जैसे हम लोग रनर्ज़-अप हों। इससे पहले कि हम लोग पहुँचें, वह अगली सड़क भी क्रास कर गई। एलितालिया के बाहर खड़ी होकर मूँगफली चबाने लगी। जब तक हम वहाँ आए वह चर्चगेट के बाहर पहुँच गई।

प्रमिला गम्भीर हो गई थी। शायद पैकेटों के बोझ से। गोरी गदराई बाँहें लाल हो आई थीं। पलकें भारी लग रही थीं, जैसे नींद आई हो। ''अब किधर चलना है?'' सरला के पास पहुँचकर उसने पूछा, जैसे कह रहा हो—''क्यों मुझे खामख़्वाह साथ घसीट रही हो?''

''बैक होम'' सरला ने पटाक से जवाब दिया; जैसे पूछने, बात करने की ज़रूरत ही नहीं थी; जैसे यहीं तक लाने के लिए मुझसे पैकेट उठवाए गए थे।

''पैकेट ले लें?'' प्रमिला ने गहरी नज़र से उसे देखा। उसने आँखें झपका दीं। साथ ही कहा, ''बेचारे को और कितना थकाएगी?''

मन हुआ कि एकाध पैकेट हाथ से गिर जाने दूँ, ऐसे की बड़ी को झुककर उठाना पड़े। पर अचानक शरीर में झुरझुरी दौड़ गई। पैकेट लेने-लेने में प्रमिला का हाथ बाँह से छू गया था। अच्छा हुआ कि आस्तीन चढ़ा रखी थी, वरना

झुरझुरी न होती। पैकेट बहुत सँभालकर देने की कोशिश की। काफी वक्त लिया कि शायद फिर से उसका हाथ बाँह से छू जाए। मगर नहीं हुआ। इससे आख़िरी पैकेट सचमुच हाथ से छूट गया। प्रमिला ने आँखें मूँद लीं। जाने उसमें कौन-सी नाजुक चीज़ बन्द थी।

गिरा हुआ पैकेट खुद ही उठाना पड़ा। टटोलकर देखा कि कुछ टूटा तो नहीं, कोई टूटने वाली चीज़ नहीं लगी। शायद कपड़ा था। ''आई एम सारी!'' पैकेट उसे देते हुए कहा। सोचा, शायद इस बार हाथ से हाथ छू जाए, मगर नहीं हुआ। वह पैकेट लेकर उस पर से धूल झाड़ने लगी।

''कुछ टूटा तो नहीं?'' मैंने पूछा।

उसने सिर हिला दिया, जैसे टूटने पर भी शराफ़त के मारे इनकार कर रही हो। फिर पैकेट को बच्चे की तरह छाती से चिपका लिया। मन हुआ कि मैं भी दो उँगलियों से इसे बच्चे की तरह सहला दूँ। पुचकार कर कहूँ, ''त्यों बबलू, तोत तो नहीं लदी?''

''चलें?'' प्रमिला ने बड़ी की तरफ़ देखा। बड़ी ने कलाई की घड़ी की तरफ़ देखा। फिर स्टेशन की घड़ी की तरफ़ देखा। फिर मेरीन ड्राइव से आती गाड़ियों पर नज़र डाली। फिर साँस भरकर तैयार हो गई। ''आओ चलें।''

कुछ सेकेंड और गुज़र गए। इस दुविधा में कि पहले कौन चले, वे ख़ामोश मुझे देखती रहीं। मैं उन्हें देखता रहा। अचानक बड़ी मुड़कर अन्दर को चल दी। ''हाय, फ़ास्ट गाड़ी जा रही है!'' उसने लगभग दौड़ते हुए कहा।

छोटी ने चलते-चलते एक बार और देख लिया। आँखें हिलाईं। हाथों को जोड़ने के ढंग से जुम्बिश दी। होंठों को कुछ कहने के ढंग से हिलाया। उसके बाद इस तरह घिसटती हुई चली गई, जैसे चलाने वाली बिजली बड़ी के पैरों में हो।

कुछ देर वहीं खड़ा रहा। गाड़ी को जाते देखता रहा। फिर अपनी नंगी बाँह को सहलाता हुआ बस-स्टाप पर आ गया।

पहली बस मिस कर दी। दूसरी भी मिस कर दी। तीसरी मिस नहीं कर सका, क्योंकि स्टाप पर अकेला रह गया था। दो सेकेंड सोचता रहा। इससे कंडक्टर नाराज़ हो गया। फुटबोर्ड पर पाँव रखा, तो उसने डाँट दिया, ''नहीं जाना मँगता तो इदर ही खड़ा रहो न! बहुत अच्छा-अच्छा शकल देखने को मिलता है।'' मुझ पर कोई असर नहीं हुआ तो वह बिना टिकट दिए आगे चला गया। वहाँ से बार-बार मुड़कर देखता रहा, जैसे सोचता हो कि मैं उसे मनाने जाऊँगा।

एक लड़की के पास जगह ख़ाली थी। मन हुआ बैठ जाऊँ, मगर खड़ा रहा, उसे देखता रहा। लड़की बुरी नहीं थी। ख़ासी अच्छी थी। बाँहें ज़रा दुबली थीं, बस। शायद स्लीवलेस ब्लाउज़ की वजह से लगती थीं। लोकट और स्लीवलेस! इन दिनों प्रमिला भी ऐसे ही कपड़े पहनती थी। लोकट और स्लीवलेस। बाँहें उसकी ऐसी दुबली नहीं थी। रोयें भी उन पर इतने नहीं थे। ख़ामख़्वाह मसल देने को मन होता था। उसने एक बार कहा भी था। वह सिर्फ अपना होंठ काटकर रह गई थी।

कंडक्टर से नहीं रहा गया। खुद ही टिकट देने चला आया। उम्मीद अब भी थी कि मैं माफ़ी माँगूँगा, या कम-से-कम मुस्करा दूँगा। मगर मैं मुस्करा नहीं सका। होंठ बहुत खुश्क थे। कंडक्टर ने अपना गुस्सा टिकट पर निकाल लिया। इतने ज़ोर से पंच किया कि उसका हुलिया बिगड़ गया।

घर से एक स्टाप पहले, मेट्रो के पास उतर गया। सोचा, रात के शो का टिकट खरीद लूँ। टिकट मिल रहे थे, मगर तीन-पचास के। एक पिचहत्तर के बाहर 'सोल्ड आउट' का बोर्ड लगा था। तीन-पचास गिनकर जेब से निकाले, फिर वापस रख लिए। उस क्लास में कभी गया नहीं था। दो मिनट क्यू में खड़ा रहकर लौट आया।

हवा थी। गर्मी भी थी। सामने गिरगाँव की सड़क थी। आसानी से क्रास कर सकता था। मगर घर आने को मन नहीं था। खाने जाने को भी मन नहीं था। न ईरानी के यहाँ, न गुजराती के यहाँ, न ब्रजवासी के यहाँ। रोज़ तीनों जगह बदल-बदलकर खाता था। एक का ज़ायका दूसरे के ज़ायके से दब जाता था। पैसा अदा करने में सहूलियत रहती थी। चेहरे भी नये-नये देखने को मिल जाते थे। शिकायत भी तीनों से की जा सकती थी।

मगर तीनों जगह जाने को मन नहीं हुआ। कहीं और जाकर खाने को भी मन नहीं हुआ। भूख थी। दिनों बाद ऐसी भूख लगी थी। मगर जाने, बैठने और खाने को मन नहीं हुआ। अपने पर गुस्सा आया। कितनी बार सोचा था कि मक्खन-डबलरोटी घर में रखा करूँ। तरकारी-अरकारी भी वहीं बना लिया करूँ। मगर सोचने-सोचने में सात साल निकल गए थे।

सोचा, घर ही चलना चाहिए, पर कदम ही नहीं उठे। अँधेरे जीने का ख़याल आया। एक-के-बाद-एक पाँच माले। पहले माले पर सारी बिल्डिंग की सड़ाँध। दूसरे पर खोपड़े की बास। तीसरे पर कुठ और अनारदाने की बू। चौथे पर आयुर्वेदिक औषधियों की गन्ध।

पाँचवे माले की बू का ठीक पता चलता था। प्रमिला ने तब कहा था कि सबसे तेज़ बू वही है। सरला इससे सहमत नहीं थी। उसका कहना था कि सबसे तेज़ गन्ध आयुर्वेदिक औषधियों की है।

कितनी ही देर वहाँ खड़ा रहा। सब जगहों का सोच लिया कि कहाँ-कहाँ जाया जा सकता है। कहीं जाने को मन नहीं हुआ। लगा कि सब जगह बेगानापन महसूस होगा। पुरी देखकर कहेगा, ''आओ, आओ। और दस मिनट न आते तो हम लोग खाना खाकर घूमने निकल गए होते।'' भटनागर शायद अन्दर से आँखें मलता हुआ निकले और कहे, ''अरे तुम इस वक़्त? ख़ैरियत तो है!''

सड़क पार कर ली। गिरगाँव के फुटपाथ पर आ गया। प्रिंसेज़ स्ट्रीट के क्रासिंग पर कुछ देर रुका रहा, फिर आगे चल दिया।

ईरानी के यहाँ से मक्खन और डबलरोटी ले ली। बिस्कुटों का एक पैकेट भी खरीद लिया। कुछ रास्ता चलकर याद आया कि सिगरेट जेब में नहीं है। पनवाड़ी के यहाँ से दो डिबिया चारमीनार की ले ली। फिर इस तरह आगे चला जैसे घर पर मेहमान आए हों, जाकर उनकी ख़ातिरदारी करनी हो।

सीढ़ियाँ गिनी हुई थीं फिर भी गिनता हुआ चढ़ने लगा, जैसे फिर से गिनने से गिनती में फ़र्क आ सकता हो; संख्या एक सौ बीस से एक सौ सोलह-सत्रह पर लाई जा सकती हो। मगर चौबीस तक गिनकर मन ऊब गया। दूसरे माले से गिनना छोड़ दिया।

उस दिन यहीं तक आकर प्रमिला ऊब गई थी। ''अभी और कितने माले चढ़ना है?'' उसने पूछा था।

''तीन माले और हैं'' नह हिम्मत न हार दे इसलिए एक माले का झूठ बोल दिया था। खुद जल्दी-जल्दी चढ़ने लगा था कि तीसरे माले से पहले और बात न हो। हाथों में चीज़ों को सँभालना मुश्किल लग रहा था। खाने-पीने का जितना ही सामान साथ लाया था—बिस्कुट, भुजिया, अंडे, चिउड़ा। वहाँ चाय पीने का सुझाव सरला का था। ''इस तरह तुम्हारा, फ्लैट भी देख लेंगे।'' उसने कहा था।

प्रमिला शुरू से ही इस बात से खुश नहीं थी। वह पिक्चर देखना चाहती थी—हैमलेट। एक दिन पहले मैं उनसे यही कहकर आया था। खुद ही उनसे 'हैमलेट' की तारीफ़ की थी। पचासेक रुपये एक दोस्त से उधार ले लिए थे, मगर चालीस से ज़्यादा उनके यहाँ ताश में हार गया था। उनके भाई के पास जो कि इस बीच सत्ती से सतीश हो गया था। शर्मा के यहाँ वे लोग ठहरे थे। उसी ने उनसे परिचय कराया था। वह उस वक़्त घर पर नहीं था, शाम की ड्यूटी

पर गया था। वह होता तो और दस-बीस उधार ले लेता। जब उन दोनों को साथ लेकर निकला, जेब में कुल छह रुपये बाकी थे।

उनके साथ ट्रेन में आते हुए कई-कई बातें सोचीं कि कह दूँ। भीड़ में किसी ने जेब काट ली है या किसी तरह पैर में मोच ले आऊँ या आठ बजे का कोई अपाइन्टमेंट बता दूँ, पर कहते वक़्त जो बात कही वह ज़्यादा वज़नदार नहीं थी। कहा कि पिक्चर में बहुत रश है, आनेवाले पूरे हफ़्ते की सीटें बुक हो चुकी हैं।

प्रमिला को वही बुरा लग गया। वह एकाएक ख़ामोश हो गई। सरला मुस्करा दी। ''अच्छा ही है'', उसने कहा, ''तुम आज इतने पैसे हारे भी तो हो।''

इस बात ने काफी देर के लिए मुझे भी ख़ामोश कर दिया।

तीसरे माले तक आते-आते प्रमिला हाँफने लगी थी। आँखों में ख़ास तरह की शिकायत थी। जैसे कह रही हो, पिक्चर नहीं चल सकते थे तो यहाँ लाने की बात भी क्या टाली नहीं जा सकती थी?'' सरला आगे-आगे जा रही थी और बार-बार उसकी तरफ़ देखकर हँस देती थी।

चौथे माले से पाँचवे माले की सीढ़ी पर मैंने कदम रखा, तो प्रमिला जहाँ की तहाँ ठिठक गई।

''अभी और ऊपर जाना है?'' उसने पूछा। मुझे अपने झूठ पर अफ़सोस हुआ।

''यह आख़िरी माला है।'' मैंने कहा। सरला एक बार फिर हँस दी। प्रमिला की आँखों में रंगीन डोरे उभर आए। ''कैसी जगह है, यह रहने के लिए।'' उसने बुदबुदाकर कहा और सरला की तरफ़ देख लिया, इस तरह जैसे सरला की बात अपने मुँह से कह दी हो।

ऊपर पहुँचकर दरवाज़ा खोला, बत्ती जलाई। सब सामान बिखरा पड़ा था, उससे कहीं बुरी हालत में जैसे उन लोगों के आने के दिन पड़ा था। उस दिन तो कुछ चीज़े फिर भी ठीक-ठिकाने से रखी थीं।

जल्दी-जल्दी उन लोगों के लिए चाय बनाने लगा था। सरला घूमकर कमरे की चीज़ों को देखती रही थी। ''यह पलँग कब का है? मराठों के ज़माने का? ...पढ़ने की मेज़ पर वह क्या चीज़ रखी है? साबुन की टिकिया? मैंने समझा पेपरवेट है...''

प्रमिला सारा वक़्त खिड़की के पास ख़ामोश खड़ी रही थी।

लौटने से पहले सरला दो मिनट के लिए गुसलख़ाने में गई तो प्रमिला ने पहली बात कही, ‘‘टिकटों का पता पहले से नहीं कर सकते थे?’’

कुछ जवाब देते नहीं बना। हारी हुई नज़र से उसकी तरफ़ देखता रहा। उसने फिर कहा, ‘‘मैं अपने लिए नहीं कह रही थी। वह पहले ही कितना कुछ कहती रही है। अब घर जाकर पता है, क्या-क्या बातें बताएगी?’’

‘‘मुझे इसका पता होता तो...’’

पता होना चाहिए था न!’’ उसका स्वर तीखा हो गया, ‘‘ज़रा-सी बात के लिए अब...’’

तभी सरला गुसलख़ाने से आ गई। हँसते हुए उसने कहा, ‘‘यह गुसलख़ाना तो अच्छा-ख़ासा अजायबघर है। मैं तो समझती हूँ कि अन्दर जाने वालों से एक-एक आना टिकट वसूल किया जा सकता है।...’’

और प्रमिला हम दोनों से पहले बाहर निकलकर ज़ीने में पहुँच गई थी।

मक्खन, डबलरोटी और बिस्कुट का डिब्बा मेज़ पर रख दिया। कुछ देर चुपचाप पलँग पर बैठा रहा, फिर शेल्फ़ से एक पुरानी किताब निकाल लाया। बहुत दिन इस किताब को सिरहाने रखकर सोया करता था। किताब प्रमिला से ली थी। इन्हीं दिनों एक बार उनके यहाँ से ले आया था। इसलिए नहीं कि पढ़ने का ख़ास शौक था, बल्कि इसलिए कि अन्दर प्रमिला का एक फ़ोटो रखा नज़र आ गया था। प्रमिला जानती थी। जब किताब लेकर चला तो वह मेरी आँखों में देखकर मुस्करा दी थी। तब परिचय शुरू-शुरू का था। वह अक्सर इस तरह मुस्कराया करती थी।

बाद में किताब लौटाने गया था। तब पता चला कि वे लोग दो दिन पहले जा चुके थे।

उस दिन कितना कुछ सोचकर गया था कि उससे उस दिन के लिए माफ़ी माँगूँगा। कहूँगा कि अब फिर किसी दिन ज़रूर वे मेरे साथ पिक्चर का प्रोग्राम बनाएँ।...

उस दिन अपने कमरे को भी अच्छी तरह ठीक करके गया था। यह सोचा भी नहीं था कि वे लोग इतनी जल्दी वापस चले जाएँगे।

उनके आने से पहले ही शर्मा ने बात चलाई थी। कहा था कि देखकर बताऊँ, मुझे वह लड़की कैसी लगती है। यह भी कि वे लोग जल्दी ही शादी करना चाहते हैं।

बाद में उसने नहीं पूछा कि मुझे कैसी लगी। कभी इन लोगों का ज़िक्र ही नहीं किया।

किताब खोली। पुरानी फटी हुई किताब थी, पॉकेट बुक सीरीज़ की। एक-एक वर्क अलग हो रहा था। वह फोटो अब भी वहीं था—चौवन और पचपन सफ़े के बीच। देखकर लगा, जैसे अब भी वह उसी नज़र से देख रही हो, उसी तरह कह रही हो, ''पिक्चर नहीं चल सकते थे, तो यहाँ लाने की बात भी क्या टाली नहीं जा सकती थी?''

फोटो हाथ में लेकर देखता रहा। फिर वहीं रखकर किताब बन्द कर दी। उसे पलँग पर छोड़कर उठ खड़ा हुआ। फिर पलँग से उठाकर मेज़ पर रख दिया और खिड़की के पास चला गया। बाहर वही छतें थीं, वही सूखते हुए कपड़े, वही टूटी-फूटी बच्चों की गाड़ियाँ, पुरानी कुर्सियाँ, कनस्तर, बोतलें।...

लौटकर कुर्सी पर आ गया। कितनी ही देर बैठा रहा। फिर एकाएक उठकर किताब को हाथ में ले लिया। फिर वहीं रख दिया। अन्दर जाकर छुरी ले आया और डबल रोटी के स्लाइस काटने लगा। फिर आधे कटे स्लाइस को वैसे ही छोड़कर खिड़की के पास चला गया। वहाँ से, जैसे उसकी नज़र से, कितनी देर, कितनी ही देर, अपने को और अपने कमरे को देखता रहा, देखता रहा।

ज़ख़्म

हाथ पर ख़ून का लोंदा...सूखे और चिपके हुए गुलाब की तरह। फुटपाथ पर औंधे पीपे से गिरा गाढ़ा कोलतार...सर्दी से ठिठुरा और सहमा हुआ। एक-दूसरे से चिपके पुराने काग़ज़...भीगकर सड़क पर बिखरे हुए। खोदी हुई नाली का मलबा... झड़कर नाली में गिरता हुआ। बिजली के तारों से ढका आकाश...रात के रंग में रँगता हुआ। चिकने माथे पर गाढ़ी काली भौंहें...उँगली और अँगूठे से सहलाई जा रहीं।

आवाज़ों का समन्दर...जिसमें कभी-कभी तूफ़ान-सा उठ आता। एक मिला-जुला शोर फुटपाथ की रेलिंग से, स्टालों की रोशनियों से, इससे, उससे और जिस किसी से आ टकराता। कुछ देर की कसमसाहट...और फिर बैठते शोर का हल्का फेन जो कि मुँह के स्वाद में घुल-मिल जाता...या सिगरेट के कश के साथ बाहर उड़ा दिया जाता।

सोचते होंठों को सोचने से रोकती सिगरेट थामे उँगलियाँ। क्रासिंग पर एक छोटे क़दों का रेला—ऊँचे क़दों को धकेलता हुआ। एक ऊँचे क़दों का रेला—छोटे क़दों को रगेदता हुआ। उस तरफ़ छोटे और ऊँचे क़दों का एक मिला-जुला कहकहा। बालकनी पर छटके जाते बाल। एक दरम्याना क़द की सीटी। सड़क पर पहियों से उड़ते छींटे।

एक-एक साँस खींचने और छोड़ने के साथ उसकी नाक के बाल हिल जाते थे। वह हर बार जैसे अन्दर जाती हवा को सूँघता था। उसका आना-जाना महसूस करता था।

उसके कॉलर का बटन टूटा हुआ था। शेव की दाढ़ी का हरा रंग गर्दन की गोराई से अलग नज़र आता था। जहाँ से हड्डी शुरू होती थी, वहाँ एक गड्ढा पड़ता था जो थूक निगलने या जबड़े के कसने से गहरा हो जाता था। कभी, जब उसकी ख़ामोशी ज़्यादा गाढ़ी होती, वह गड्ढा लगातार काँपता। कॉलर के

नीचे के दो बटन हमेशा की तरह खुले थे। अन्दर बनियान नहीं थी, इसलिए घने बालों से ढकी खाल दूर तक नज़र आती थी। इतनी लाल कि जैसे किसी बिच्छू ने वहाँ काटा हो। छाती के कुछ बाल स्याह थे, कुछ सुनहरे। पर जो बटन को लाँघकर बाहर नज़र आ रहे थे, वे ज़्यादातर सफ़ेद थे।

सड़क के उस तरफ़ पत्थर के खम्भों से डोलचों की तरह लटकते कुमकुमे एक-सी रोशनी नहीं दे रहे थे। रोशनी उनके अन्दर से लहरों में उतरती जान पड़ती थी जो कभी हल्की, कभी गहरी हो जाती थी। रोशनी के साथ-साथ कारिडोर की दीवारों, आदमियों और पार्क की गयी गाड़ियों के रंग हल्के-गहरे होने लगते थे। बिजली के तारों से ऊपर आसमान से सटकर, अँधेरा हल्की धूल की तरह इधर से उधर मँडरा रहा था। कुछ अँधेरा पास के कोने में बच्चे की तरह दुबका था। ठंडी हवा पतलून के पांयचों से ऊपर को सरसरा रही थी।

"तो?" मैंने दूसरी या तीसरी बार उसकी आँखों में देखते हुए कहा। लगा जैसे वह मेरी नहीं, किसी घूमती हुई गरारी की आवाज़ हो, जो हर दो मिनट के बाद 'तो' के झटके पर आकर लौट जाती हो।

उसका सिर ज़रा-सा हिला। घने घुँघराले बालों में कुछ सफ़ेद लकीरें रोशन होकर बुझ गयीं। चकोतरे की फाँकों जैसे भरे हुए लाल होंठ पल-भर के लिए एक-दूसरे से अलग हुए और फिर आपस में मिल गए। माथे पर उसके चिलगोज़े जितनी एक शिकन पड़ गयी थी।

"तुम और भी कुछ कहना चाहते थे न!" मैंने गरारी का फ़ीता तोड़ा। उसने रेलिंग पर रखी बाँह पर पहले से ज़्यादा भार डाल लिया। कहा कुछ नहीं। सिर्फ़ सिर हिलाकर मना कर दिया।

कई-कई दोमुँहाँ रोशनियाँ आगे-पीछे दौड़ती पास से निकल रही थीं। रोशनियों से बचने के लिए बहुत-से पाँव और साइकिलों के पहिये तिरछे होने लगते थे। रेलिंग में कई-कई ठंडे सूरज एक साथ चमक जाते थे।

मैं समझने की कोशिश कर रहा था। अभी-अभी कोई आध घंटा पहले घर से निकलकर बाल कटाने जा रहा था, तो पूसा रोड के फुटपाथ पर किसी ने दौड़ते हुए पीछे से आकर रोका था। कहा था कि उस तरफ टू-सीटर में कोई साहब बुला रहे हैं। दौड़कर आनेवाला टू-सीटर का ड्राइवर था। मैंने घूमकर देखा, तो टू-सीटर में पीछे से घुँघराले बालों के गुच्छे ही दिखाई दिए। ड्राइवर ने वहीं से सड़क को पार कर लिया, पर मैंने कुछ दूर तक फुटपाथ पर वापस जाने के बाद पार किया। पार करते हुए रोज़ से ज़्यादा ख़तरे का एहसास हुआ क्योंकि

तब तक मैं उसे देख नहीं पाया था। टू-सीटर के पास पहुँचने तक कई तरह की आशंकाएँ मन को घेरे रहीं।

मेरे पास पहुँच जाने पर भी वह पीछे टेक लगाए बैठा रहा। झुक के अन्दर देखने तक मुझे पता नहीं चला कि कौन है...घुँघराले बालों से हल्का-सा अन्दाज़ा हालाँकि मुझे हो रहा था। जब पता चल गया कि वही है, तो ख़तरे का एहसास मन से जाता रहा।

''मुझे लग रहा था कि तुम्हीं हो,'' मैंने कहा। पर मुस्कराया नहीं। सिर्फ़ कोने की तरफ़ को थोड़ा सरक गया।

''कहीं जा रहे थे तुम?'' मैं पास बैठ गया, तो उसने पूछा।

''बाल कटाने,'' मैंने कहा, ''इस वक़्त सैलून में ज़्यादा भीड़ नहीं होती।'' वह सुनकर ख़ामोश रहा, तो मैंने कहा, ''बाल मैं फिर किसी दिन कटा सकता हूँ। इस वक़्त तुम जहाँ कहो, वहाँ चलते हैं।''

''मैं नहीं, तुम जहाँ कहो...,'' उसने जिस तरह कहा, उससे मुझे कुछ अजीब-सा लगा...हालाँकि बात वह अक्सर इसी तरह करता था। उसका पिए होना भी उस वक़्त मुझे ख़ास तौर से महसूस हुआ, हालाँकि ऐसा बहुत कम होता था कि वह पिए हुए न हो। उसके होंठ खुले थे और एक बाँह टू-सीटर की खिड़की पर रखकर वह इस तरह कोने की तरफ़ फैल गया था कि डर लगता था, झटके से नीचे न जा गिरे।

''घर चलें?'' मैंने कहा तो वह पल-भर सीधी नज़र से मुझे देखता रहा। फिर जवाब देने की जगह होंठ गोल करके ज़बान ऊपर को उठाए हुए हँस दिया।

''कुछ देर वाटर टी कटीं बैठना चाहो, तो कनाट प्लेस चले चलते हैं।''

जवाब उसने फिर भी नहीं दिया। सिर्फ़ ड्राइवर को इशारा किया कि टू-सीटर को पीछे की तरफ़ मोड़ ले।

सड़क के गड्ढों पर से हिचकोले खाता टू-सीटर नाले से आगे बढ़ आया, तो एक बार वह मुश्किल से गिरते-गिरते सँभला। मैंने अपनी बाँह उसके कन्धे पर रखते हुए कहा, ''आज तुमने फिर बहुत पी है।''

''नहीं,'' उसने मेरी बाँह हटा दी, ''पी है पर बहुत नहीं। सिर्फ...मैं बहुत खुश हूँ।''

मैं थोड़ा सतर्क हो गया। वह जब भी पीकर धुत्त हो जाता था, तभी कहता था, ''मैं बहुत खुश हूँ।''

मैंने हँसने की कोशिश की—बहुत कुछ मन को घेरती आशंका और उससे

पैदा हुई अस्थिरता की वजह से। उसका हाथ भी उसी वजह से अपने हाथों में ले लिया और कहा, ‘‘मुझे पता है तुम जब बहुत खुश होते हो, तो इसका क्या मतलब होता है।’’

उसका सिर टू-सीटर के कोने से सटा हुआ था। उसने वहीं से उसे हिलाया और कहा, ‘‘तुम समझते हो कि तुम्हें पता है...तुम हर चीज़ के बारे में यह समझते हो कि तुम्हें पता है।’’

‘‘मुझे अब भी लग रहा था कि वह झटके से बाहर न जा गिरे, पर अब उसके कन्धे पर मैंने बाँह नहीं रखी। अपने हाथों में लिए हुए उसके हाथ को थोड़ा और कस लिया...।’’

आती-जाती बसों, कारों और साइकिलों के बीच रास्ता बनाता टू-सीटर लगभग सीधा चल रहा था। खड़ड़ाहट के साथ गुर्र-गुर्र की आवाज़ ऊँची उठकर धीमी पड़ने लगती थी। बीच में किसी खुमचे या घोड़ागाड़ी के सामने पड़ जाने से ब्रेक लगाता और हम सीट से ऊपर को उछल जाते। आर्य समाज रोड के बाद दायरे पर एक बस के झपाटे से बचकर टू-सीटर फुदकता हुआ गोल घूमने लगा। घूमकर लिंक रोड पर आने तक मैं बायीं तरफ़ के पोस्टर पढ़ता रहा, जिससे मन इर्द-गिर्द के बड़े ट्रैफिक की दहशत से बचा रहे।

पर वह उस बीच एकटक ट्रैफिक की तरफ़ देखता रहा। लिंक रोड पर आ जाने पर उसने अपना हाथ मेरे हाथों से छुड़ा लिया।

‘‘मैं आज तुमसे एक बात करने आया था,’’ उसने कहा। आँखें उसकी अब सड़क को बीच से काटती पटरी को देख रही थीं—और उससे आगे पेट्रोल पम्प के अहाते को।

मैं क्षण-भर उसे और अपने को जैसे पेट्रोल पम्प के अहाते में खड़ा होकर देखता रहा—टू-सीटर के साथ-साथ बैठे और हिचकोले खाते हुए। लगा जैसे हम लोगों के उस वक़्त उस तरह वहाँ से गुज़र जाने में कुछ अलग-सी बात हो जिसे बाहर खड़े होकर पेट्रोल पम्प की दूरी से ही देखा और समझा जा सकता हो।

‘‘तुम बात अभी करना चाहोगे या पहले कहीं चलकर बैठ जाएँ?’’ मैंने पूछा। दूसरी जगह का ज़िक्र इसलिए किया कि अच्छा है बात कुछ देर और टली रहे।

‘‘तुम जब जहाँ चाहो,’’ उसने दोनों हाथ घुटनों पर रख लिए और कोने से थोड़ा आगे को झुक गया। ‘‘बात सिर्फ़ इतनी है कि आज से मैं और तुम...मैं और तुम आज से...दोस्त नहीं हैं।’’

इतनी देर से मन में जो तनाव महसूस हो रहा था वह सहसा कम हो गया...शायद इसलिए कि वह बात मुझे सुनने में ज़्यादा गम्भीर नहीं जान पड़ी। कुछ वैसी ही बात थी जैसी बचपन में कई बार दूसरों के मुँह से सुनी थी। यह भी लगा था कि शायद वह नशे की बहक में ही ऐसा कह रहा है। मैं पहले से ज़्यादा खुलकर बैठ गया। अपना हाथ मैंने टू-सीटर की खिड़की पर फैल जाने दिया।

पंचकुइयाँ रोड पर टू-सीटर को कहीं भी रुकना नहीं पड़ा। सड़क उसे साफ़ मिलती रही। बत्तियाँ भी दोनों जगह हरी मिलीं। मैंने अपना ध्यान दुकानों के बाहर रखे फ़र्नीचर की आड़ी-तिरछी बाँहों और लैम्प शेड्स के गोल और लम्बूतरे चेहरों में उलझाए रखा। ऊपर से ज़ाहिर नहीं होने दिया कि मैंने उसकी बात को ज़्यादा गम्भीरतापूर्वक नहीं लिया। एकाध बार बल्कि इस तरह उसकी तरफ़ देख लिया जैसे मुझे आगे की बात सुनने की उत्सुकता हो और उत्सुकता ही नहीं, साथ गिला भी हो कि उसने ऐसी बात क्यों कही।

पंचकुइयाँ रोड पार करके अन्दर के दायरे में आते ही उसने ड्राइवर से रुक जाने को कहा। फिर मुझसे बोला, ''आओ, यहीं उतर जाएँ।'' मैं जेब से पैसे निकालने लगा, तो उसने मेरा हाथ रोक दिया और अपना बटुआ निकाल लिया।

कुछ देर हम लोग ख़ामोश चलते रहे। मैं अपने पैरों को और सामने की पटरी को देखता रहा। लगा कि पैरों के नाख़ून बहुत बढ़ गए हैं...कि इतनी ठंड में मुझे सिर्फ़ चप्पल पहनकर घर से नहीं निकलना चाहिए था। कुछ गीली मिट्टी चप्पलों में घुसकर पैरों से चिपक गयी थी। पैर ठंड के बावजूद पसीने से तर थे...हमेशा की तरह। मैंने सोचा कि इन दिनों मोज़ा तो कम से कम मुझे पहनना ही चाहिए।

चलते-चलते एक क्रॉसिंग के पास आकर वह रेलिंग के सहारे रुक गया। तब मैंने पहली बार देखा कि उसकी पतलून और बुश्शर्ट पर लहू के दाग़ हैं। दायीं हथेली पर छिगुनी के नीचे डेढ़ इंच का ज़ख़्म मुझे कुछ बाद में दिखाई दिया।

''तुम्हारी बुश्शर्ट पर ये दाग़ कैसे हैं?'' मैंने पूछा।

उसने भी एक नज़र उन दाग़ों पर डाली ऐसे जैसे उन्हें पहली बार देख रहा हो। ''कैसे हैं?'' उसने ऐसे कहा जैसे मैंने उस पर कोई इल्ज़ाम लगाया हो। ''हाथ कट गया था, उसी के दाग़ होंगे।''

''हाथ कैसे कट गया?''

उसका चेहरा कस गया। ''कैसे कट गया?'' वह बोला, ''कैसे भी कटा हो, तुम्हें इससे क्या है?''

कुछ देर ख़ामोश रहकर हम इधर-उधर देखते रहे—बीच-बीच में एक-दूसरे की तरफ़ भी। नियॉनसाइन्स की जलती-बुझती रोशनियाँ गीली सड़क में दूर अन्दर तक चमक जाती थीं। पहियों की कई-कई फिरकियाँ उनके ऊपर से फिसलती हुई निकल जाती थीं। जब वह मेरी तरफ़ न देख रहा होता, तो सड़क पर फिसलती रोशनियाँ उसकी आँखों में भी बनती-टूटती नज़र आतीं।

मैं मन ही मन कल के ताने-बाने को आज से जोड़ रहा था। कल वह सिन्धिया हाउस के चौराहे पर मेरे साथ खड़ा हँस रहा था। दस आदमियों के घेरे में से खुद ही मुझे उठाकर ले आया था। फुटपाथ पर चलते हुए ज़िद के साथ उसने मेरा सिगरेट सुलगाया था। फिर मुझे अपने कमरे में चलने और चलकर बियर पीने को कहा था। मेरे कहने पर कि उस वक़्त मैं नहीं चल सकूँगा, उसने बुरा भी नहीं माना था। मुझे छोड़ने बस-स्टॉप तक आया था। क्यू में मेरे साथ खड़ा रहा था। बस की भीड़ में मेरे फुटबोर्ड पर पाँव जमा लेने पर उसने दूर से हाथ हिलाया था। मैं जवाब में हाथ नहीं हिला सका क्योंकि मेरे दोनों हाथ भीड़ के कब्ज़े में थे। बस चल दी, तब वह स्टाप से थोड़ा हटकर अँधेरे में खड़ा मेरी तरफ़ देखता रहा था। मुझसे आँख मिलने पर हल्के से मुस्करा दिया था।

कल हम घंटा-भर साथ थे, पर उस दौरान हमारे बीच कोई ख़ास बात नहीं हुई थी। उसने कहा था कि अब जल्दी ही कोई अच्छी-सी लड़की देखकर वह शादी कर लेना चाहता है—अकेलेपन की ज़िन्दगी उससे और बर्दाश्त नहीं होती। पर यह बात उसने पिछले हफ्ते भी कही थी, महीना-भर पहले भी कही थी और चार साल पहले भी। मैंने हमेशा की तरह सरसरी तौर पर हामी भर दी थी। हमेशा की तरह यह भी कहा था कि पहले ठीक से सोच ले कि कहाँ तक वह उस ज़िन्दगी को निभा सकेगा। कहीं ऐसा न हो कि बाद में आज से ज़्यादा छटपटाहट महसूस करे। सिन्धिया हाउस के चौराहे पर इसी बात पर वह हँसा था। ''मुझे मालूम था,'' उसने कहा था, ''कि तुम मुझसे यही कहोगे। यह बात तुम आज पहली बार नहीं कह रहे।'' मुझे इससे थोड़ी शरम आयी थी, क्योंकि सचमुच में उससे यह बात कई बार कह चुका था...शिमला में डेविकोज़ की पिछली ख़िड़की के पास बैठकर बियर पीते हुए...जमशेदपुर में उसके होटल के कमरे में बिस्तर में लेटे हुए...इलाहाबाद में गज़दर के लॉन में चहलक़दमी करते हुए...और बम्बई में कफ परेड पर समन्दर में जाती गन्दी नाली की उस सँकरी डंडी पर चलते हुए, जहाँ नाजायज़ शराब पीना और नाजायज़ प्रेम करना दोनों ही नाजायज़ नहीं हैं। इनके अलावा और भी कई जगह यह बात मैंने उससे कही होगी क्योंकि

नौ साल की दोस्ती में ज़्यादातर हमारी बात स्त्री और पुरुष के सम्बन्धों को लेकर ही होती रही थी।

"कल रात तक तो हमारे बीच ऐसी कोई बात नहीं थी," मैंने कहा, "उसके बाद इस बीच ऐसा क्या हो गया जिससे...?"

वह हँसा। "क्या हो सकता था उसके बाद?...उसके बाद मैं अपने कमरे में चला गया और जाकर सो गया।" रेलिंग पर रखी उसकी बाँह शरीर के बोझ से एक बार फिसल गयी। वह जिस तरह रेलिंग से सटकर खड़ा था, इससे लग रहा था कि अब आगे चलने का उसका इरादा नहीं है।

"आज दिन-भर कहाँ रहे?"

"वहीं अपने कमरे में। इसके बाद अगर पूछोगे कि क्या करता रहा, तो जवाब है कि टहलता रहा, किताब पढ़ता रहा, शराब पीता रहा।"

उसका ज़ख़्मी हाथ अब मेरे सामने था। नियॉनसाइन्स के बदलते रंगों में लहू का रंग हरा-नीला होकर गहरा-भूरा हो जाता था।

किसी-किसी क्षण मुझे लगता कि शायद वह मज़ाक कर रहा है कि अभी वह ठहाका लगाकर हँसेगा और बात वहीं समाप्त हो जाएगी। मगर उसकी आँखों में मज़ाक की कोई छाया नहीं थी। जिस हाथ पर जख़्म नहीं था उससे वह लगातार अपनी भौंहों को सहला रहा था। इस तरह भौंहों को वह तभी सहलाता था जब 'बहुत खुश' होता था।

इस तरह 'बहुत खुश' उसे मैंने कितनी ही बार देखा था। एक बार शिमला में, जब कम्बरमियर पोस्ट ऑफ़िस के बाहर उसने अपने एक साथी को पीट दिया था। वह आदमी इसके दफ़्तर का स्टेनो था और इसका पीने और उधार लेने का साथी था। उस घटना के बाद दोनों की डिपार्टमेंटल इन्क्वायरी हुई और इन्हें शिमला से ट्रान्सफर कर दिया गया। फिर इलाहाबाद के एक बार में, जब किसी ने पास आकर अपने गिलास की शराब उसके मुँह पर उछाल दी थी। यह उसके बाद रात-भर अपनी चारपाई के गिर्द चक्कर काटता रहा और कहता रहा कि उस आदमी की जान लिए बग़ैर अब वह नहीं सो सकेगा। बम्बई के दिनों में तो यह अक्सर ही 'बहुत खुश' रहता था। मैं उन दिनों चर्चगेट के एक गेस्टहाउस में रहता था। यह दिन में या रात में किसी भी वक़्त मेरे पास चला आता... दो में से एक बार अपनी भौंहों को सहलाता हुआ। कभी झगड़ा उस घर के लोगों से हुआ होता जिनके यहाँ वह पेइंग गेस्ट था...कभी कोलाबा के बूट-लेगर्ज़ से जो नौ बजने के साथ ही अपने दरवाज़े बन्द कर लेना चाहते थे। एकाध बार

जब उसे लगा कि उस तरह पीकर आने पर मैं भी इससे कतराता हूँ, तो वह मेरे पास न आकर रात-भर कफ परेड के खुले पेवमेंट पर सोया रहा।

वह जिस ढंग से जीता था, उससे कई बार ख़तरा महसूस करते हुए भी मुझे उसके व्यक्तित्व में एक आकर्षण लगता था। वह बिना लाज-लिहाज़ के किसी के भी मुँह पर सच बात कह सकता था। दस आदमियों के बीच अलिफ-नंगा होकर नहा सकता था...अपनी जेब का आख़िरी पैसा तक किसी को भी दे सकता था। पर दूसरी तरफ यह भी था कि किसी लड़की या स्त्री के साथ दस दिन के प्रेम में जान देने और लेने की स्थिति तक पहुँचकर चार दिन बाद वह उससे बिल्कुल उदासीन हो सकता था। अक्सर कहा करता था कि किसी ऐसी स्त्री के साथ ही उसकी पट सकती है जो एक माँ की तरह उसकी देखभाल कर सके। यह शायद इसलिए कि बचपन में माँ का प्यार उसके बड़े भाई को उससे ज़्यादा मिला था। इसी वजह से शायद ज़्यादातर उसका प्रेम विवाहित स्त्रियों से ही होता था...पर उसमें उसे यह बात सालती थी कि वह स्त्री उसके सामने अपने पति से बात भी क्यों करती है...बच्चों के पास न होने पर भी उनका ज़िक्र ज़बान पर क्यों लाती है! ‘‘मुझे यह बर्दाश्त नहीं’’ वह कहता, ‘‘कि मेरी मौजूदगी में वह मेरे सिवा किसी और के बारे में सोचे या मुझसे उसका ज़िक्र करे।’’

नौ साल में मैं उसे उतना जान गया था जितना कि कोई भी किसी को जान सकता है। उसकी ज़िन्दगी जितनी दुर्घटनापूर्ण होती गई थी, उतना ही मेरा उससे लगाव बढ़ता गया था। यह लगाव उसकी दुर्घटनाओं के कारण शायद उतना नहीं था जितना अपनी दुर्घटनाओं को बचाकर चलने के कारण। मेरी जानकारी में वह अकेला आदमी था जो दायें-बायें का ख़्याल न करके सड़क के बीचोंबीच चलने का साहस रखता था। सिर्फ हठ या ज़िद की वज़ह से ऐसा नहीं करता था—उसका स्वभाव ही यह था। कई बार जब गहरी चोट खा जाता, तो यह भी कोशिश करता कि अपने इस स्वभाव को बदल सके। तब वह बड़े-बड़े मनसूबे बाँधता, योजनाएँ बनाता और अपने इरादों की घोषणा करता। कहता कि उसे समझ आ गया है कि ज़िन्दगी के बारे में उसका अब तक का नज़रिया कितना ग़लत था। कि अब से वह एक निश्चित लकीर पकड़कर चलने की कोशिश करेगा... कि अब अपने को ज़िन्दगी से और निर्वासित नहीं रखेगा...कि अब जल्दी ही शादी करके सही ढंग से जीना शुरू करेगा। जब तक नौकरी लगी रहती और पीने को काफ़ी शराब मिल जाती, तब तक वह कहता, ‘‘नहीं, मैं तुम लोगों की तरह नहीं जी सकता।...मैं अपने वक़्त का हिस्सा नहीं, उसका निगहबान हूँ।

मैं जीता नहीं, देखता हूँ–क्योंकि जीना अपने में बहुत घटिया चीज़ है। जीने के नाम पर तो पेड़-पौधे भी जीते हैं–पशु-पक्षी भी जीते हैं।'' पर जब कभी लम्बी बेकारी के दौर से गुज़रना पड़ता और कई-कई दिन शराब छूने को न मिलती, तो वह भूलभुलैया में खोए आदमी की तरह कहता, ''मुझे समझ आ रहा है कि मैं बिल्कुल कट गया हूँ...हर चीज़ से बहुत दूर हो गया हूँ।'' अभी चन्द महीने पहले नई नौकरी मिलने पर उसने कहा था, ''मुझे खुशी है, मैं अपनी दुनिया में लौट आया हूँ। इस बार की बेकारी में तो मुझे लग रहा था कि मैं तुमसे भी कट गया हूँ...अपने में बिलकुल अकेला पड़ गया हूँ। मुझे यह भी एहसास हो रहा था कि तुम सब लोगों ने मुझे बीता हुआ मान लिया है...बीता हुआ और गुमशुदा।'' उसके बाद मैंने उसे लगातार कोशिश करते देखा था–अपने को वक़्त का निगहबान बनने से रोकने की। अब काम के वक़्त के बाद वह अपने को कमरे में बन्द नहीं रखता था...इधर-उधर लोगों से मिलने चला जाता था। जिन लोगों के नाम से ही कभी भड़क उठता था, उनके साथ बैठकर चाय-कॉफी पी लेता था। उनके मज़ाक में शामिल होकर साथ मज़ाक करने की कोशिश भी करता था। इसी बीच दो-एक मैट्रिमोनियल विज्ञापनों के उत्तर में उसने पत्र भी लिखे थे...दो-एक लड़कियों को जाकर देख भी आया था। एक लड़की देखने में साधारण थी–दूसरी साधारण भी नहीं थी। वैसे दोनों लड़कियाँ नौकरी में थीं। ''मैं किसी ऐसी ही लड़की से शादी करना चाहता हूँ,'' उसने कहा था, ''जो अपना भार खुद सँभाल सकती हो। ताकि आगे कभी बेकारी आए, तो मुझे दोहरी तकलीफ़ में से न गुजरना पड़े।''

पर दोनों में से किसी भी जगह वह बात तय नहीं कर पाया। बात सिरे पर पहुँचने से पहले ही किसी न किसी बहाने उसने उन्हें टाल दिया। अभी दस दिन हुए, एक चाय घर में बैठे हुए अचानक ही वह लोगों के बीच से उठ खड़ा हुआ था। ''मैं जाऊँगा,'' उसने कहा था, ''मेरी तबीयत ठीक नहीं है। लग रहा है मेरा दिल 'सिंक' कर रहा है।'' चेहरा उसका सचमुच ज़र्द हो रहा था। सर्दी के बावजूद माथे पर पसीने की बूँदें झलक रही थीं।

मैं तब उसके साथ उठकर बाहर चला आया था। बाहर फुटपाथ पर आकर वह खोई हुई नज़र से इधर-उधर देखता रहा था। ''किसी डॉक्टर के पास ले चलूँ?'' मैंने उससे पूछा, तो वह जैसे चौंक गया। बोला, ''नहीं-नहीं, डॉक्टर को दिखाने की ज़रूरत नहीं। मैं अपने कमरे में जाकर लेट रहूँगा, तो सुबह तक ठीक हो जाऊँगा।'' दूसरे-तीसरे दिन मैं उसके कमरे में उसे देखने गया, तो वह वहाँ

नहीं था। ताले में किसी के नाम उसकी चिट लगी थी, ''मैं रात को देर से आऊँगा। मेरा इन्तज़ार मत करना।'' तीन दिन बाद मैं फिर गया, तो पता चला कि उसके मालिक-मकान ने एक रात अपनी बीवी को बुरी तरह पीट दिया था। उस औरत के रोने-चिल्लाने की आवाज़ सुनकर यह मालिक-मकान को पीटने जा पहुँचा था। उसके बाद से बहुत कम अपने कमरे में नज़र आया था। यह अस्वाभाविक नहीं लगा क्योंकि एक बार जब दफ़्तर में उसके सामने की कुर्सी पर बैठनेवाले अधेड़ बैचलर की हार्ट-फेल से मौत हो गयी थी, तो यह कई दिन दफ़्तर नहीं गया था और कोशिश करता रहा था कि उसकी मेज़ उस कमरे से उठवाकर दूसरे कमरे में रखवा दी जाए।

पर कल मुलाक़ात होने पर वह मुझे हमेशा की तरह मिला था। न उसने अपने मालिक-मकान का ज़िक्र किया था, न ही अपनी सेहत की शिकायत की थी। बल्कि मैंने पूछा कि अब तबीयत कैसी है, तो उसने आँखें मूँदकर सिर हिला दिया था कि बिलकुल ठीक है...हालाँकि जिस तरह वह मुझे उठाकर लाया था, उससे मुझे लगा था कि वह कोई ख़ास बात करना चाहता है। क्या बात होगी—यह मैं बस में चढ़ने के बाद भी सोचता रहा था।

एक परिचित चेहरा सामने की भीड़ से हमारी तरफ़ आ रहा था। सफ़ेद बाल और नुकीली ठोड़ी। आँखें बचाने पर भी वह व्यक्ति मुस्कराता हुआ पास आ खड़ा हुआ। ''क्या हो रहा है?'' उसने बारी-बारी से दोनों को देखते हुए पूछा।

''कुछ नहीं, ऐसे ही खड़े थे,'' मैंने कहा। इस पर वह हाथ मिलाकर चलने को हुआ, तो अचानक उसकी नज़र ज़ख़्मी हाथ पर पड़ गयी। ''यह क्या हुआ है यहाँ?'' उसने पूछ लिया।

''यह कुछ नहीं है,'' ज़ख़्मी हाथ रेलिंग से हटकर नीचे चला गया। ''कल खिड़की खोलते हुए कट गया था...खिड़की के काँच से। बन्द खिड़की थी...खुल नहीं रही थी। उसी का ज़ख़्म है...खिड़की के काँच का।''

''पर यह जख़्म कल का तो नहीं लगता,'' उस व्यक्ति ने अविश्वास के साथ हम दोनों की तरफ़ देख लिया।

''नहीं लगता? नहीं लगता, तो आज का होगा, इसी वक़्त का...यह ठीक है?''

उस व्यक्ति की आँखें पल-भर के लिए चौकन्नी-सी हो रहीं। फिर एक बार सन्देह की नज़र उस हाथ पर डालकर और कुछ हमदर्दी के साथ मेरी तरफ़ देखकर वह भीड़ में आगे बढ़ गया। उसके सफ़ेद बाल सलेटी-से होकर कुछ दूर तक नज़र आते रहे।

‘‘तो?’’

वह हिला नहीं। और भी गहरी नज़र से मेरी तरफ़ देखने लगा। जैसे आँखों से मेरी चीड़-फाड़ कर रहा हो।

‘‘कुछ देर कहीं चलकर बैठें?’’ मैंने पूछा।

उसने सिर हिला दिया। ‘‘मैं अब जा रहा हूँ,’’ उसने कहा।

‘‘कहाँ जाओगे?

‘‘अपने कमरे में...या जहाँ भी मन होगा।’’

‘‘पर मेरा ख़्याल था कि तुम अभी कुछ और बात करना चाहोगे।’’

‘‘मैं और बात करना चाहूँगा?’’ वह हँसा, ‘‘मैं अब किसी से भी और बात करना चाहूँगा?’’

‘‘पर मैं तुमसे बात करना चाहूँगा,’’ मैंने कहा, ‘‘तुम कहो, तो यहीं कहीं बैठते हैं। नहीं तो कुछ देर के लिए मेरे घर चल सकते हैं।

‘‘तुम्हारे घर?’’ नियॉनसाइन्स के रंग उसकी आँखों में चमककर बुझ गए। ‘‘तुम्हारा घर कल से आज में कुछ और हो गया है?’’

बात मेरी समझ में नहीं आयी। मैं चुपचाप उसकी तरफ़ देखता रहा। वह पहले से थोड़ा और मेरी तरफ़ को झुककर बोला, ‘‘तुम्हारा घर वही है न, जहाँ तुम कल भी गए थे...अकेले? बस के फुटबोर्ड पर लटके हुए...? कल तुम्हें मेरे साथ रहने से...मुझे साथ ले जाने से डर लगता था...आज नहीं लगता? मैं जैसा बेकार कल था वैसा ही आज भी हूँ...बिलकुल उतना ही बेकार और उतना ही बदचलन।’’

ट्रैफिक की आवाज़ से हटकर एक और आवाज़। आसमान में बादल की हल्की गड़गड़ाहट। मैंने ऊपर की तरफ़ देखा...जैसे कि देखने से ही पता चल सकता हो कि बारिश फिर तो नहीं होने लगेगी। बिजली के तारों के ऊपर धुँधला अँधेरा था और उससे भी ऊपर हल्की-हल्की सफ़ेदी। मुझे लगा कि मेरे पैर पहले से ज़्यादा चिपचिपा रहे हैं और चप्पल के अन्दर गयी मिट्टी की परतें दोनों तलवों से चिपक गयी हैं। मेरे दोनों होंठ भी आपस में चिपक रहे थे। उन्हें कोशिश से अलग करके मैंने कहा, ‘‘तुमने कल नहीं बताया कि तुमने यह नौकरी भी छोड़ दी है।’’

‘‘तुम्हारा ख़्याल है मैं नौकरी छूटने की वजह से यह बात कर रहा हूँ?’’ वह अपनी आँखें अब और पास ले आया। ‘‘तुम समझते हो कि इसी वजह से कल मैं तुमसे चिपका रहना चाहता था?...पर ख़ातिर जमा रखो, नौकरी न रहने

पर भी मैं दस आदमियों को खिला सकता हूँ। खाता मैं कभी किसी से नहीं। और यह भी विश्वास रखो कि मुझे अभी बीस साल और जीना है—कम से कम बीस साल।''

नीचे से चिपचिपाते पैर ऊपर से मुझे बहुत नंगे और बहुत ठंडे महसूस हो रहे थे। सामने रोशनी का एक दायरा था, जिसमें कई-एक स्याह बिन्दु हिल-डुल रहे थे। उसके दायरे में घिरा एक और दायरा था...तारीकी का...जिसमें कोई बिन्दु अलग नज़र नहीं आता था, पर जो पूरा का पूरा हल्के-हल्के काँप रहा था।

उसने पास से गुज़रते एक टू-सीटर को हाथ के इशारे से रोका, तो मैंने फिर कहा, ''चलो, घर चलते हैं। वहीं चलकर बात करेंगे।''

''तुम जाओ अपने घर,'' उसने मेरा हाथ अपने जख़्मी हाथ में लेकर हिला दिया। ''...क्योंकि तुम्हारे लिए एक ही जगह है जहाँ तुम जा सकते हो। पर जहाँ तक मेरा सवाल है, मेरे लिए एक ही जगह नहीं है—मैं कहीं भी जा सकता हूँ।'' और रेलिंग के नीचे से निकलकर वह टू-सीटर में जा बैठा। टू-सीटर स्टार्ट होने लगा, तो उसने बाहर की तरफ़ झुककर कहा, ''पर इतना तुम्हें बता दूँ, कि मुझे कम से कम बीस साल और जीना है। तुम्हारे या दूसरे लोगों के बारे में मैं नहीं कह सकता पर अपने बारे में कह सकता हूँ कि मुझे ज़रूर जीना है।''

मेरे हाथ पर एक ठंडा-सा जज़ीरा बन गया था—वहाँ जहाँ वह उसके जख़्म से छुआ था। उसका टू-सीटर दायरे में घूमता हुआ काफ़ी आगे निकल गया, तो भी मैं कुछ देर रेलिंग के सहारे वहीं खड़ा हाथ के जज़ीरे को सहलाता रहा। दो-एक और ख़ाली टू-सीटर सामने से निकले, पर मैंने उन्हें रोका नहीं। जब अचानक एहसास हुआ कि मैं बेमतलब वहाँ खड़ा हूँ, तो वहाँ से हटकर कॉरिडोर में आ गया और शीशे के शो-केसों में रखे सामान को देखता हुआ चलने लगा। कुछ देर बाद मैंने पाया कि कनाट प्लेस पीछे छोड़कर मैं पार्लियामेंट स्ट्रीट के फ़ुटपाथ पर चल रहा हूँ—उस स्टॉप से कहीं आगे जहाँ से कि रोज़ घर के लिए बस पकड़ा करता था।

❑ ❑ ❑